AF205575

August von Kotzebue

Graf Benjowsky; oder, Die Verschwörung auf Kamtschatka

Ein Schauspiel in fünf Aufzügen

August von Kotzebue

Graf Benjowsky; oder, Die Verschwörung auf Kamtschatka
Ein Schauspiel in fünf Aufzügen

ISBN/EAN: 9783743644151

Hergestellt in Europa, USA, Kanada, Australien, Japan

Cover: Foto ©Andreas Hilbeck / pixelio.de

Weitere Bücher finden Sie auf **www.hansebooks.com**

Graf Benjowsky

oder die

Verschwörung auf Kamtschatka.

Ein

Schauspiel in fünf Aufzügen

von

August von Kotzebue.

Leipzig,

bey Paul Gotthelf Kummer, 1795.

Perſonen.

Gouverneur.

Afanaſja, ſeine Tochter.

Hettmann.

Feodora, Afanaſja's Mädchen.

Graf Benjowsky. ⎫

Cruſtiew. ⎪

Stepanoff. ⎬ Verſchworne.

Kudrin. ⎪

Baturin. ⎭

Mehrere Verſchworne.

Tſchulosnikoff, ein Schiffskapitain.

Grigori, ſein Neffe.

Kaſarinoff, ein Kaufmann.

Kinder von Kaſarinoff.

Die Ordonnanz des Gouverneur.

Erster Aufzug.

Erster Auftritt.

(Der Schauplatz ist ein Zimmer des Gouverneurs in der Citadelle von Bolscherezk — der **Gouverneur** und der **Hettmann** sitzen rechts am Schachbret, sehr vertieft in das Spiel. Links **Afanasia** mit einem Buche in der Hand. Neben ihr **Feodora** mit Stickerey beschäftigt. **Ordonnanz.**

Hettmann.

Schach dem Könige!

Gouv. Würklich? — und sogar durch einen Bauer? Das ist arg.

Hettm. Ja die Bauern — wer mit ihnen zu spielen versteht —

Gouv. Freylich, der spielt mit Königen.

Afan. (das Buch wegwerfend.) Ach!

Feodo. Sie seufzen?

Afan.

Afan. Warum wurde ich gerade hier geboh-
ren?

Feodo. Was kümmerts mich wo ich geboh-
ren wurde, wenn ich nur lebe.

Afan. Lebst du denn?

Feodo. Drollige Frage! Den Beweiß gebe
ich Ihnen beym Frühstücke.

Afan. Ja, essen kann ein Jeder.

Feodo. Die Todten ausgenommen. Ein es-
sendes Ding ist ein lebendiges Ding.

Afan. Du bist gnügsam wie eine Auster.

Feodo. O wenn Wünsche Zauberstäbe wären —

Afan. Was machst du da?

Feodo. Ich sticke Blumen.

Afan. Wo wachsen diese Blumen? — hier
nicht — Italien ist ein schönes Land, ich las
eben davon. Dort blühen Pommeranzen-Wälder;
hier wirkt man sie in die Tapeten. Dort ist die
Natur ein gesunder Jüngling: hier, ein kran-
ker Greis. Jene Menschen dürfen sagen: wir
leben!

Feodo. Ey nun, sie haben was uns fehlt,
und ihnen mangelt, was wir besitzen. Unser
Boden

Boden trägt andre Pflanzen und andre Freuden.

Gouv. Mein Springer ist verlohren.

Hettm. Und meine Königin gerettet.

Afan. Freuden sagst du? Jedes Haus ist ein Kerker. In Pelz gehüllt bis an die Zähne, entrinnest du der frischen Luft, hungrige Hunde schleppen deinen Schlitten durch ewigen Schnee; kein Blümchen entfaltet sich, keine Frucht wird reif. Macht das dir Freude?

Feodo. Was kümmern mich Blumen und Früchte, so lange ich Menschen habe?

Afan. Menschen? — Ach! welche Menschen! — „Morgen," höre ich sie sprechen, „morgen ist ein Festtag, morgen wollen wir lustig seyn." Und was ist ihre Lust? Der Russe berauscht sich in Brandtwein, der Kamtschadale durch seinen giftigen Schwamm; dann taumeln sie auf allen Straßen, und Thiere gehen Menschen aus dem Wege. Ey das ist lustig!

Feodo. Oder wir sitzen im Kreise und singen ein frohes Lied zur Balalaika. Ist das nicht lustig?

Hettm.

Hettm. Schach der Königin!

Gouv. Mein Spiel steht mißlich.

Asan. (vor sich hinstarrend) Keine Freundinn für mein Herz! lebte meine gute Mutter noch —

Feodo. Hat Ihr Herz Geheimnisse?

Asan. O nein! Wir essen, trinken, schlafen; wer macht daraus ein Geheimniß? Andre Bedürfnisse kennt man hier nicht.

Feodo. Desto besser für uns.

Asan. Verstand und Gefühl reifen nicht in diesem kalten Lande; blühen kaum! Den Werth eines Zobelfells beurtheilen; den Gewinn einer See-Reise berechnen; von hier nach den Aleutischen, und von dort nach den Curilischen Inseln steuern, das ist ihre ganze Weisheit; ein gelungner Handel ihre ganze Freude. Frohe Menschen haben Lieb' und Wein, diese Barbaren haben Wollust und Brandtwein. Auch das süße Gefühl des Mitleids ist ihnen fremd, weil es nur im Herzen und nicht im Halse brennt. Wohin ich sehe, wohin ich gehe, stoßen mir arme Verwiesene auf; überall eine Muster-Charte des menschlichen Elends; Klage in jedem Auge; Dürftigkeit auf jeder Wange.

Kein

Kein Sonnenstrahl — nur Thränen schmelzen diesen ewigen Schnée. "

Feodo. Sie sprechen wie ein Schaman. Die vermaledeyten Bücher! Ihr Herr Vater sollte die Wachstube damit heizen lassen.

Afan. Die Bücher kann er verbrennen, ihr Inhalt steht in meinem Herzen.

Feodo. Ich weiß besser was Ihnen fehlt. Sie sind in dem Alter in welchem ein Mädgen Alles ahndet, und nichts begreift. In Einem mangelt ihnen Alles, bey Allem mangelt ihnen Eines. Für ein dürftiges Herz ist die Welt eine Wüste. Für ein befriedigtes Herz ist Kamtschatka ein Paradieß.

Afan. Du hast recht Feodora! Ich bin allein in der Welt! — und wenn einst auch mein Vater — er ist alt und kränklich — wenn auch er von mir scheidet — ach! was wird dann aus mir werden! —

Hettm. (nimmt einen Läufer.) Diesem Läufer hab' ich lange nachgetrachtet.

Gouv. Er deckte meinen König.

Hettm. Jezt frisch drauf los!

Gouv. Ich sehe keine Rettung.

Ordonn.

Ordonn. (tritt herein.) Der Lieutenant Ku-lossow ist angekommen. Er hat einen Trans-port Verwiesener hieher geleitet. Sie stehen im Vorzimmer und erwarten Ew. Excellenz Be-fehle.

Gouv. Laß sie hereintreten.

Ordonn. (geht ab.)

Afan. Schon wieder ein Gemählde des Elends. Komm Feodora, ich mag sie nicht sehn. (Sie will gehn.)

Benjowsky (tritt herein mit dem Lieutenant Ku-lossow und einem Haufen Verwiesener. Alle bleiben an der Thüre stehn.)

Afan. (stutzt, will fort, kehrt um, wirft einen Blick auf Benjowsky, dann noch einen, wird unruhig, und spricht, indem sie sich wieder setzt.) Wir wollen gehn Feodora.

Feodo. Ich bin bereit.

Afan. (schüchtern nach Benjowsky blickend.) Siehst du jenen Mann?

Feodo. Ich sehe viele Männer.

Afan. Nicht doch! — Einer nur — Seine Gestalt verräth die gebeugte Seele, aber sein großes Auge straft die Gestalt Lügen.

Feodo.

Feodo. Ich sehe einen Menschen, deſſen hagere Wangen Krankheit und Mangel verrathen.

Aſan. Geſundheit der Seele ſtrotzt aus ſeinem Auge. Sieh, wie keck und frei er umherblickt, indeß ſeine Gefährten das Auge an den Boden heften. Er ſcheint zu ſagen: ich bin überall Herr! Der große Mann ſieht herab auf eine Kette, wie auf ein Ordensband. Dieſer Anblick erſchüttert mich.

Feodo. Sollen wir gehn?

Aſan. Warum gehn? Mit Unglück ſich vertraut machen, iſt ein Schatz für die Zukunft geſammelt.

Feodo. Nun ſo wollen wir bleiben. (Sie fährt fort zu arbeiten.)

Benj. (tritt vor hinter den Stuhl des Gouverneurs, und beobachtet das Spiel.)

Aſan. Sieh! wie unerſchrocken. Als ob er hier zu Hauſe ſey.

Feodo. (aufblickend.) Wohl ihm, wenn Ihr Herr Vater ſeine Keckheit auch ſo günſtig beurtheilt.

Aſan. Fürchte nichts. Seelen-Größe im Unglück feſſelt die Herzen.

A 4   Gouv.

Gouv. (indem er aufstehen will.) Das Spiel ist verlohren.

Hettm. Ja, es ist verlohren.

Benj. Nicht so ganz.

Gouv. (blickt mit Verwunderung in die Höhe, sieht ihn scharf an, mißt ihn vom Kopf bis zu den Füßen, und spricht.) wer seyd Ihr?

Benj. Ich war Soldat, einst Feldherr, jetzt Sklave.

Gouv. Versteht Ihr das Spiel?

Benj. Ein wenig.

Gouv. Glaubt Ihr, es sey noch zu retten?

Benj. Vielleicht.

Gouv. So versucht es einmal. (zum Hett= mann.) Mit Eurer Erlaubniß.

Hettm. In Gottes Nahmen. Da ist keine Hülfe mehr, in vier Zügen ist er matt.

Benj. (und der Hettmann spielen.)

Gouv. (zum Officier.) Euren Rapport.

Officier. Hier ist er.

Gouv. (nachdem er ihn flüchtig durchlaufen, halb leise.) Habt Ihr Kenntniß von den Schicksalen dieses Mannes?

Officier.

Officier. Er war General unter den polni-schen Conföderirten, man nahm ihn schwer verwundet gefangen.

Gouv. Sein Nahme?

Officier. Graf Benjowsky.

Benj. Schach dem König und der Königin.

Hettm. Alle Teufel!

Gouv. (zum Officier.) War eure Reise be-schwerlich?

Officier. Sehr beschwerlich. Auf der Fahrt von Ochozk hieher überfiel uns ein starker Sturm. Der Mittelmast brach und zerschmetterte dem Ca-pitain den Arm. Sein Schmerz machte ihn zum Dienst unfähig. In dieser Noth übernahm Graf Benjowsky die Führung des Schiffs. Sei-nem Muth und seiner Geschicklichkeit verdanken wir einzig unsere Rettung.

Benj. Schach und matt.

Hettm. (wirft das Spiel unwillig um.) Ihr steht mit dem Teufel im Bunde.

Benj. (lächelnd.) Glück mit ein wenig Klug-heit verbunden, beehrte man von jeher mit dem Namen Teufel.

Hettm.

Hettm. (brummend.) Ich bin auch klug, so gut als Einer, wenn ich sage klug, so verstehe ich darunter den Hettmann der Cosaken, die zweyte Person in der Provinz. — Hier ist das verlohrne Geld. (Er wirft einige Bancoroten auf den Tisch.)

Gouv. Es scheint Herr Graf, Sie sind Meister auf dem Schachbret wie auf dem Meere, dort retteten Sie ein halbverlohrnes Schiff, hier ein halbverlohrnes Spiel. Das Leztere geht nur mich allein an, für das Erstere danke ich Ihnen im Namen meiner Monarchinn.

Benj. (mit einer edlen Verbeugung.) Die Geretteten haben mir bereits gedankt.

Gouv. Man nehme ihm die Fesseln ab. (es geschieht.) Ihre Handlung erwirbt Ihnen in der ersten Minute, was sonst nur Jahre zur Reife bringen: meine Hochachtung. Sie konnten sich mitten im Sturme des Schiffs bemächtigen; Sie konnten in eine entfernte Weltgegend fliehen —

Gouv.

Benj. Ich konnte mehr thun; das Schiff untergehen laffen und sterben. Ich hatte den Muth mein Leben zu erhalten.

Afan. O Feodora! welch ein Mann!

Gouv. Wo Amt und Pflicht mit meiner Hochachtung verträglich sind, da werd' ich gern Ihr Schicksal erleichtern.

Benj. Ich beneide Sie, mein Herr, um das schöne Vorrecht, Edelmuth an Unglücklichen zu üben; und ich liebe Sie, weil Sie es zu gebrauchen wiffen.

Gouv. Für jezt heißt meine Pflicht, Ihnen Ihre künftige Lebensweise vorzuzeichnen.

Benj. Wer zu befehlen wuste, der weiß auch zu gehorchen.

Gouv. Ruhe und friedliches Beginnen ist hier das erste Gesetz.

Benj. Dem Sclaven leicht zu halten.

Gouv. Sie sind frey, und empfangen Lebensmittel auf drey Tage, dann sorgen Sie selbst für Ihren Unterhalt. Jeder Verwiesene wird mit einer Flinte, Lanze, Pulver und Bley bewaffnet. Die Jagd wird in Zukunft Ihre einzige Beschäftigung seyn.

Benj.

Benj. (feurig froh.) Jagd und Waffen! des Krieges Bild! und mindestens ein Traum von Freiheit!

Gouv. Sie liefern der Krone jährlich sechs Zobel-, funfzig Kaninchen-, zwey Fuchs- und zwey Hermelin-Felle. Eine halbe Stunde von der Stadt werden Sie sich Häuser bauen, wozu man ihnen Zimmergeräth aus dem Magazin wird verabfolgen lassen.

Benj. Sie sind sehr gütig, mein Herr. Wer dem Unglücklichen Arbeit giebt, der tröstet ihn.

Gouv. Ich werde mit Zeit und Gewohnheit in ein Bündniß treten, Ihres Schicksals rauhe Bahn zu ebnen. Leben Sie wohl.

Benj. Ihre Kaiserinn ist eine große Frau. Sie machte einen Menschen zum Befehlshaber, gerade da, wo ein Mensch am nothwendigsten war. Ich gehe, meinen Gefährten ein Beispiel zu geben, wie Männer leiden müssen. (ab mit den Verwiesenen.)

Gouv. (ihm nachsehend.) Ein großer Mann!

Hettm. Ein großer Schachspieler wollt Ihr sagen.

Afan. Ein edler Mann!

Hettm.

Hettm. Er spielt rasch, Zug auf Zug.

Gouv. Mit welcher Würde er sein Unglück trägt.

Hettm. Mein Spiel stand so gut.

Afan. Bey so viel edlem Stolz doch so viel feine Lebensart.

Hettm. Schach dem König und der Königin! das werd' ich nie vergessen!

Gouv. Mit Freuden werd' ich seiner schonen, wo ich kann und darf.

Afan. Wie wär' es, lieber Vater, wenn Sie in den rauhen Wintertagen ihm die Jagd erließen, und statt dessen — (sie stockt.)

Gouv. Was statt dessen?

Afan. Schon lange wünschte ich Französisch und Musik zu lernen. Sie haben es auch gewünscht. — Vielleicht —

Gouv. Was vielleicht?

Afan. Könnte der Graf mir Unterricht ertheilen. —

Gouv. Wenn er das versteht.

Afan. (feurig.) O gewiß! gewiß!

Feodo. (bey Seite.) Ey freylich.

Gouv.

Gouv. Wir wollen sehn! — Kommt Ge=
vatter das Frühstück wartet unser.

Herrm. (indem er mit dem Gouverneur abgeht.)
Schach dem König und der Königin! es ist
zum Rasendwerden?

Feodo. (ihre Stickerey zusammen packend.) Sol=
len wir nicht auch zum Frühstück gehn?

Afan. (in sich gekehrt, in Gedanken verloren, nur
halb hörend.) Gleich. (Pause.)

Feodo. Ihr Herr Vater wird Sie erwarten,
den Thee einzuschenken.

Afan. Meynst du? (Pause.)

Feodo. Es wird auch nöthig seyn, Zucker
aus dem Schranke zu holen.

Afan. (nach einer Pause, wie aus einem Traume
auffahrend.) Was sagst du? — ja — nein —
du hast Unrecht.

Feodo. (lachend.) Worin mein Fräulein?

Afan. Worin? (Sie versinkt wieder in ihre vo=
rige Träumerey.) Ach!

Feodo. Mich hungert.

Afan. Dich hungert? Wie kannst du jetzt
hungern?

Feodo.

Feodo. (lachend.) Wovon soll ich denn satt seyn?

Afan. (antwortet nicht. Sie heftet den Blick auf den Boden, ihre Züge verrathen was in ihr vorgeht.)

Feodo. (bey Seite.) Wie verscheuch' ich diese Grillenfängerey?

Ein Bedienter. (tritt herein.) Seine Excellenz lassen das Fräulein bitten —

Afan. (erwachend.) Ach! der Sprachmeister! ich komme gleich. (Sie geht schnell ab.)

Feodo. Der Sprachmeister? — — ich verstehe! o wahrhaftig! ich verstehe! (Sie folgt ihr.)

(Die Bühne verändert sich, und stellt das Dorf des Verwiesenen dar, der alte Crustiew tritt aus seiner Hütte.)

Meinen Gruß der rothen Morgensonne an diesem heitern Winter-Tage! — Hu! es ist kalt. — Der Schnee flimmert und blistert. Der Rauch steigt Säulengrade in die Luft. Die Hunde dampfen. Kleine Eiszapfen hangen am Pelzkragen, wo der Hauch des Mundes ihn berührte. — O mein Herz! warum nur du immer heiß und glühend! Alter Thor! Dein Haar ist weiß wie der Reif, der diese Fichten deckt,

und

und doch tobt unter dem Schnee eine Flamme
gleich dem Vulkan bey Kelitowa. — Ja Frei
heit! Freiheit! du bist wie das Brod jedem
Stande und jedem Alter Bedürfniß. Brod ist
des Körpers Nahrung, und Freiheit Seelen-
Speise. — Ach! eine einzige strafbare Unbesonnenheit büße ich schon durch drey und zwanzig-
jährige Verbannung! (er fällt in schwärmende Ver-
zückung.) Weib und Kind? wie lebt ihr? wie
geht es euch? hast du auch schon Falten auf der
Stirn meine Elisabeth? hat der Gram um deinen Paul dir die Wange so gebleicht? streckt
Eine Hand sich aus, sein kränkliches Alter zu
pflegen? gieb, gieb die liebe Hand! welch ird-
disch Leiden mildert nicht ein gutes Weib! —
Auch du mein guter Alexander — ey wie bist
du groß geworden! du lagst noch in der Wiege
als ich den lezten Kuß auf deinen zahnlosen
Mund drückte, und mit meiner Kette das Kreuz
auf Stirn und Brust dir zeichnete. — Da sizt
ihr nun beysammen, und Alexander spricht: erzähle mir Mutter, wie sah der Vater aus? und
die Mutter läßt eine Thräne auf ihr Nähzeug
fallen, mein Bild schwimmt in der Thräne. —

Da

Da feyert sie mit Wehmuth unsern Hochzeittag;
da bittet sie die Rückerinnerung zu Gaste und
ungebeten stellt sich auch der Kummer ein. (in
Thränen der Wehmuth ausbrechend.) O nur eine
Minute von den wenigen die ich noch zu leben
habe, laß Gott in ihrem Arme mich fühlen,
daß noch ein Mensch mit Liebe an mir hangt? —

Stepanoff (tritt mit der Flinte, einem Fuchs und ein
Paar Kaninchen auf dem Rücken auf.) Guten Tag
Alter! Heute wird die Sonne zu einem Eis-
Meer gerinnen. Da steht sie am Firmament
als ob ein Pfuscher von Maler sie hingepinselt
hätte, so ohne Kraft und Wärme.

Erust Doch warst du schon früh heraus?

Step. Einen Fuchs und zwey Kaninchen
hab' ich erschossen. Eine Stunde später wären
sie erfroren. Da fühl einmal, hart und steif
wie Knochen. Kaum geblutet haben sie; ein
wenig rothes Eis trat aus der Wunde.

Erust. Warst du in der Stadt?

Step. Gestern Abend. Es ist ein neuer
Transport Verwiesener angekommen.

B

Erust.

Crust. (rasch.) Würklich? — pfui, da ertappe ich mich auf einer häßlichen Empfindung.

Step. Schwärmst du wieder?

Crust. Soll ich fremdes Elend wünschen, weil ich elend bin?

Step. Warum nicht? Neue Unglücksgefährten. Es giebt doch eine Art von Trost, wenn man hört wie sie winseln, über Dinge, welche die Gewohnheit uns schon erträglich machte.

Crust. Sind ihrer viele?

Step. Etliche zwanzig. Es soll Einer unter ihnen seyn, ein vornehmer Pole, tapfer, unternehmend, keck in Gefahren, der ist mein Mann!

Crust. Was brütest du?

Step. Ich brüte über euren Muth — über Windeyern. — Ist das ein Leben! Himmel und Hölle! Frage mich, ob ich lieber der Jäger seyn mag, oder der gejagte Fuchs? ich weiß dir nicht zu antworten. Ich beneide den Fuchs, weil er sich ängstigt, weil er horcht und flieht, stiehlt und genießt. Mir sagt kein abwechselndes Gefühl, daß ich lebe.

Crust.

Cruſt. Muth ohne Kraft iſt ein Kind, das Soldaten ſpielt.

Step. Muth ohne Kraft iſt ein Unding. Muth iſt nie ohne Kraft. Kurz, ich will nicht länger dulden.

Cruſt. Wir alle wollen nicht, aber wir müſſen.

Step. Wählt mich zu eurem Oberhaupt; den Fremdling mache ich zu meinem Unterbefehlshaber. In wenig Tagen ſind wir frey.

Cruſt. (den Kopf ſchüttelnd.) Dich Stepanow? — Vermähle deine Tapferkeit mit fremder Klugheit und Erfahrung, dann mag es gehn.

Step. Ey wie weiſe! daß doch die Alten uns ſo gern überreden mögten, die Welt müſſe untergehen ohne ihre Weisheit. Der Greis will immer helles Licht, er ſchreitet langſam und gemächlich. Der Jüngling bedarf nur eines Blitzes, er ſieht und greift.

Cruſt. Seit wann hat dieſer Taumel dich ergriffen? Noch vor wenig Monden hab' ich dich lachen hören, wenn andere murrten.

Step. Und jezt knirſche ich, wenn andere nur murren.

B 2

Cruſt.

Cruſt. Woher die plötzliche Verwandlung?

Step Höre Alter, und begreife wenn du kannſt. Sich am Ofen oder an der Sonne wärmen; sich von Pferden oder Hunden ziehen laſſen; Sterlet oder gedörrten Fiſch ſpeiſen; das galt mir gleich. Es gilt mir auch noch gleich, wenn das Weib, das ich liebe mit mir theilen will.

Cruſt. Du liebſt?

Step. Nun ja, iſt das ein Wunder?

Cruſt. Und wirſt geliebt?

Step. Wer frägt darnach? Weiberherzen muß man nicht lange feilſchen. Stelle dich, als ſey dir an der Waare nichts gelegen, ſo bekommſt du ſie wohlfeil.

Cruſt. Wer iſt deine Geliebte?

Step. Aſanaſia.

Cruſt. Des Gouverneurs Tochter?

Step. Was fährſt du auf?

Cruſt. Biſt du toll?

Step. Ha! ha! ha! iſt denn des Gouverneurs Tochter weniger Mädchen?

Cruſt. Du haſt Recht, ich hätte nicht erſtaunen, ich hätte lachen ſollen. Ein Gefangener, ein Verwieſener, verbannt aus jeder Geſellſchaft;

ſellſchaft; der nicht einmal ſein Taſchen-Meſſer ſein nennen darf; der die Feſtung, welche ſie bewohnt, nur dann betritt, wenn er zur Frohn dort arbeiten muß —

Step. Eben das macht mich hartnäckig. Ich liebe — ich raſe! — das Mädchen geht an mir vorüber, ihr ſeidnes Kleid rauſcht an mir hin, ſie ſieht mich kaum; oder wenn ſie mich ſieht, ſo iſt nur Mitleid in ihren Blicken. Nicht einmal am erſten Oſtertage, wenn jeder Ruſſe auf jeden Ruſſen zugehn, und ihn küſſen darf, indem er ſpricht: Chriſtus iſt auferſtanden! nicht einmal dann darf ich mich ihr nähern. Aber es ſoll anders werden! ich will dürfen was ich kann!

Cruſt. Stepanow! du haſt dich heute früh betrunken.

Step. Ha! ha! ha! dem Greiſe iſt Mannes-Kraft ein Brandweins-Rauſch. Jede große That dünkt den Alltags-Seelen Wahnwitz; iſt ſie aber gelungen, dann ſtempeln ſie mit ihrer Bewunderung den Thäter zum Helden.

Gut-

Gurcinin. (tritt hastig auf.) Es sind neue Verwiesene angekommen, sie nähern sich bereits dem Dorfe.

Step. Dank dem heiligen Georg! so erfährt man doch endlich einmal, wie es in der Welt aussieht; ob die Menschen noch immer Narren sind, und welche Art von Narrheit jetzt die herrschende ist.

Crust. Geh Wasiti, besorge, daß ein frisches Faß angezapft werde, decke den Tisch, setze Flaschen und Gläser darauf, Caviar und Cedernüße. Vielleicht sind sie hungrig, und es gelingt uns, ihren Kummer um die erste Viertelstunde zu betrügen.

Gurc. (geht in Crustiews Hütte.)

Step. Ein herrlicher Kerl der Wasili! Es giebt Beschäftigungen in der Welt, die den Menschen auf seine Lebenszeit in eine gewisse Form kneten, wie ein Stück Papier das man so oder so gefalzt hat, der Bruch geht nie wieder heraus. Sieht man nicht auf den ersten Blick, daß er einst Kammerjunker war? Er meldet die Kommenden, er geleitet die Gehenden, er trägt sich mit Neuigkeiten, er weiß eine Tafel zu ordnen,

nen, er ist faul wie ein satter Schooßhund, und in seinem Kopfe sieht es aus, wie in einem Weiber-Strickbeutel.

Crust. Doch gleicht er dir in einem Stücke: seine Zunge ist scharf wie die deinige.

Step. Ist doch nur eine Katzen-Zunge, kann wohl die Haut weglecken, aber nicht stechen.

Crust. Da kommen die Fremdlinge.

(Benjowsky und die Verwiesenen treten auf. Neubegier und Freude locken zugleich die ältern Bewohner des Dorfes aus ihren Hütten. Sie sammlen sich um die Ankömmlinge.

Crust. Willkommen unter uns ihr Gefährten des Elends!

Step. Unser Willkommen ist ein Gruß der Verdammten in der Hölle, wenn der Teufel neue Seelen bringt.

Benj. Getheilte Leiden sind nur halbe Leiden. Ich grüße euch alle brüderlich.

Crust. Gebt mir die Hand Fremdling. (er schüttelt sie.) Ich sehe da noch Spuren jüngst getragener Fesseln. So roth war einst auch meine Hand über dem Knöchel, aber drey und zwanzig Jahre verwischen Gutes und Böses.

Benj.

Benj. Wie? schon drey und zwanzig Jahr bewohnt ihr diese Küste? und ihr lebt noch?

Crust. Ich hoffe noch.

Benj. So ist denn Hoffnung der einzige Schatz, der mit dem Unglück wächst.

Crust. Ein Nothpfennig, den man gern mittheilt und doch nie aufzehrt.

Step. Was ist Hoffnung ohne Muth? ein schwindsüchtiger Läufer.

Benj. Für Muth bürgt Elend.

Step. Nicht immer. Nur Verzweiflung giebt Muth, Elend erschlafft.

Crust. Kein unzeitiges Geschwätz. Ihr bedürft Erquickung. Wir haben ein Frühstück zubereitet, und wollen euch bewirthen, mit schlechter Kost, doch willigem Herzen.

Benj. Sage mir, wo werden wir wohnen? wo sollen wir unsere Hütten bauen?

Crust. Die rauhe Jahreszeit verstattet nicht, den Bau jetzt anzufangen. Euch stehen unsere Hütten offen. Wir wollen uns behelfen bis zum Frühjahr. Geh Wasili, hohle mir die Zettel auf welchen unsere Nahmen stehen, daß ich sie in meine Mütze werfe, und jeder

Fremd.

Frembling seinen Hausgenossen durch das Loos
erkiese.

Wasil. (geht ab.)

Benj. (verstohlen zu Crustiew.) Laßt, guter
Alter, bey euch mich wohnen.

Crust. (eben so.) Schon gut. (laut.) Jezt
sagt mir, ist keiner unter euch, der die verlassene
Gattinn des alten Crustiew in Nowogrod kennt?
(ängstlich umherschauend.) Keiner?

Erster Verw. (tritt vor.) Ich kenne sie.

Crust. (ihn sehr bewegt in seine Arme schließend.) —
Ach mein Freund! Sie lebt?

Erster Verw. Sie lebt.

Crust. Wie lebt sie?

Erster Verw. Still und eingezogen. Ich
sah sie kürzlich noch am Fest der Wasserweihe.

Crust. Und mein Sohn Alexander?

Erster Verw. Er ist Soldat und hat sich
brav gehalten.

Crust. Gott! vielleicht zum Erstenmale steigt
der Dank eines glücklichen Menschen von Kamtschatka's Ufern zu dir empor! — Mein Freund,
für diese frohe Bothschaft werde dir, was nur ein

Gott

Gott verleihen kann: Trost und Freude in der Sclaverey.

Gurc. (kömmt zurück.) Hier sind die Loose.

Crust. (schüttet sie in seine Mütze, und sucht unbemerkt eines heraus, welches er Benjowsky heimlich zusteckt.) Stellt euch als habt ihr dieses ergriffen. (laut.) Jezt ziehe ein Jeder den Namen seines künftigen Gefährten.

Step. In dieser Lotterie fallen verdammt wenig Gewinnste. Die Hütten sind Nester, und die Bewohner Raben.

Benj. (greift zum Schein in die Mütze, öffnet seinen Zettel und liest.) **Crustiew!**

Crust. Seyd mir willkommen! frohe Rückerinnerungen wollen wir theilen, Wünsche und Hoffnungen gegen einander austauschen.

Benj. Ich darf versprechen, daß ihr bey dem Austausch nicht verlieren werdet.

Erster Verw. (zieht und liest.) **Stepanow!**

Step. Kannst du lachen, wenn du die Kolik hast, so sey mir willkommen.

Zweyter Verw. (zieht.) **Gurcinin!**

Step. Der wird dir erzählen, wie man zu den Zeiten der Kaiserin Elisabeth polnisch tanzte.

Drit

Dritter Verw. (zieht.) Alexey!

Step. Der war einst Protopop, er wird dich beten lehren.

Vierter Verw. (zieht.) Baturin!

Step. O, der kann dir noch die Zwergen-Hochzeit unter Peter dem Ersten beschreiben.

Fünfter Verw. (zieht.) Heraklius Jnos-koy!

Step. Der trinkt dich unter den Tisch, hät-test du auch dein Lebenlang den Lieferanten den Krons-Brandtwein nachgemessen.

Sechster Verw. (zieht.) Andree' Blä-tzinin!

Step. Der versteht Vögel abzurichten, und fängt die Hasen mit Schlingen.

Siebenter Verw. (zieht.) Grigori Lob-tschoff!

Step. Der zählt, wieviel Haare auf dem Rücken eines Zobels wachsen; und wie viel Eyer eine Ameise legt.

Crust. Das wäre jezt in Richtigkeit ge-bracht. Nun zum Frühstück! damit beym vol-len Becher die junge Freundschaft schnell heran-wachse.

Beni.

Benj. Wachsthum gebe ihr der volle Becher, aber Festigkeit und Dauer unser Unglück. (Alle ab in Crustiews Hütte.)

Ende des ersten Acts.

Zweyter Aufzug.

(Ein armseliges Gemach in Crustiews Hause, Benjowsky sizt am Fenster, und stüzt den Kopf in die Hand.)

Endlich wird es Tag. Endlich wirft die Sonne einen Blick auf Kamtschatka, wie man einem Bettler ein Almosen zuwirft, daß er weder leben noch sterben kann. — Wo seyd ihr, bunte Seifenblasen meiner Jugend! — ich bin verlassen — allein! — Keine Stimme flüstert an meinem Kranken-Lager: „St! er schläft; keine Thräne verkündet einst an meinem Grabe: „ach! er ist todt!" Niemand haßt mich, Niemand liebt mich — und ich lebe noch! — Messer und Lanze, Säbel und Geschoß ließ man dir, und du lebst noch? — Auf und zerbrich

deine

deine Fesseln! zersprenge deinen Kerker! meine
Seele ist frey! mein Ich trug nimmer Ketten
— Ach)! da erschien des Kerkermeisters Tochter,
die mit jedem Gefangenen buhlt, die Hoffnung.
Der Dolch sinkt aus der Hand, und er in ihre
Arme. — (Pause.) Thor am Gängelbande!
Hoffnung ist nur eine Puppe, mit der die großen Kinder spielen bis ins Grab; damit sie nicht
weinen über ihr Elend — Fort mit dir! mich
täuschest du nicht, ich bin ein Mann! — Welcher Macht ist mein Geist unterthan? wer ist
meines Lebens Herr, als Gott — und ich! —
(Er erblickt ein Messer welches auf dem Tische liegt. Starr
und fürchterlich heftet er sein Auge darauf. Plözlich
streckt er die Hand aus und ergreift es. Zweifel-
haft hebt er den Arm sich zu durchbohren. Er blickt
wechselsweise auf das Messer, dann gen Himmel. Die
Hand sinkt langsam auf seine Knie. Indem er so den
andern Arm über die Lehne des Stuhls, und den Kopf
darauf wirft, entfällt ein Miniatur-Portrait, in Bril-
lanten gefaßt, seinem Haar. Erschrocken fährt er in
die Höhe, rafft es auf, starrt es an. Nach und nach
glänzt Wehmuth in seinen Augen, er ruft:) Aemilie!
mein Weib! (und wirft das Messer weit von sich.)
Dich hab' ich gerettet! Dich haben die Raubsüch-
tigen mir nicht entrissen. In meinem Haar
hab' ich dich verborgen — und in meinem Herzen.

zen. — Aemilie! der Erdball liegt zwischen uns,
aber Gott und die Liebe kennen weder Raum
noch Zeit! Ich will leben für dich! Leben und
wirken, kämpfen und wagen! Dieß Gemählde
sey mein Schild, mein Talismann, der Zauber
der mich schüzt. Wo treue Liebe ein Herz bewohnt, da ist die Furcht ein Fremdling und das Verbrechen ein verstoßener Knecht. Milde Hoffnung!
kehre zurück und geselle dich zu der Liebe, deiner
Schwester. Trenne nie dich wieder schön ver-
schwistertes Paar! Mich liebt Aemilie, meine
Gattinn! gleich viel ob Zimmer oder Welttheil
uns trennen. Sie betet in dieser Morgenstunde
für meine Rettung, und ein Säugling lallt den
Väter-Nahmen auf ihrem Arm. Lebe Benjowsky, lebe! dein Leben gehört ihr und ihm! —

Crustiew. (tritt auf.)

Benj. (verbirgt schnell das Gemählde.)

Crust. Guten Morgen Freund und Bruder!
(sie reichen sich die Hände.) Ich frage nicht wie du
geschlafen hast. Uns schied nur eine Bretter-
wand; du gingst die lange Nacht umher und
seufztest; ich lag und seufzte mit.

Benj.

Benj. Vergieb mir guter Alter. Zeit und Gewohnheit sollen bald die große Kunst mich lehren, meine Ruhe zu vermißen, und die deinige zu schonen.

Ernst. Schlaf ist nicht immer Ruhe, und wehe dem Armen, dem Schlaf die einzige Ruhe ist. — Da entfielen gestern dir zwey Worte, von Möglichkeit der Rettung, von Hoffnung beßerer Zukunft, gleich fing das alte Herz den Funken, und loderte in Flammen auf.

Benj. Eine Flamme ohne Nahrung.

Ernst. Wie? sie wird nie verlöschen — (heimlich feyerlich) Seit drey und zwanzig Jahren trage ich den großen Entwurf mit mir herum. Er reifte langsam wie das Gold im Schooße der Gebürge. Manches hab' ich vorbereitet, viel ist gethan, viel bleibt zu thun noch übrig. Zwanzig Männer schwuren mir. Mit großen Kräften ist mein Haufe ausgerüstet. Verwegenheit — Verstand — Erfahrung — Muth — Verzweiflung! Nur Eines fehlte noch. Der Oberherrschaft ächten Geist fand ich in Keinem. Diesen kitzelte die Ruhmgier; jener pochte noch in Fesseln auf Geburt und Rang; dieser

hatte

hatte keinen Sinn für das geordnete planmä-
ßige Ganze; jener wollte morgen nach dem Zwe-
cke ringen, und übermorgen an die Mittel denken; kurz, jeder füllte seine Stelle so gut als
übel aus, doch jedem mangelte der Stempel eines
wahrhaft großen Geistes. Räder überall, nir-
gends eine Feder.

Benj. Du selbst —

Crust. Ich kenne mich. Der Knabe kann
ein rascher Jüngling werden, der Greis wird
nie ein Mann. Gieb mir Zeit, ein Ding von
allen Seiten zu beschauen, so ist mein Muth
oft der Erfahrung gleich. Wo aber plötzliche
Gefahren wie Blitze vor mir in den Boden schlagen, wo Jahre an Minuten hängen, so oder
so — da schwindelt mir, da bin ich unentschlossen, da taugt mein Alter nicht.

Benj. Gesezt du fändest einen Mann, wie
deine Phantasie ihn heischt; was soll ihm jener
Haufe niedriger Verbrecher? Tollkühn ohne
Muth, furchtlos ohne Seelen-Größe, ein
Rausch ohne Dauer! wer bürgt für ihre Treue?

Crust. Ich — und ihr Elend. Soll ich
das leztere dir, sammt deiner eigenen Zukunst
schil-

schildern? — (mit steigendem Feuer.) Glaube mir,
nicht Alle sind Verbrecher. Ein übereiltes Wort
hat manchem schon dieß Grab geöffnet. Elend
ist der Schuldige, elender noch der Arme, dem
eine Unbesonnenheit die schweren Fesseln reichte.
Von Schmerz und Reue gebeugt, betritt er diese
unwirthbaren Ufer, ihn heißt der Mangel willkommen. Gesichter auf welche die gerechte
Strafe — oft auch Natur — das Zeichen des
Verbrechers stempelte, grinsen ihm entgegen;
er sucht vergebens einen Freund. Das Bild
der Liebe, von welchem er auf ewig schied —
Sehnsucht und Rückerinnerung — dem Hoffen-
den ein Labsal, dem Hoffnungslosen eine Marter. Fleiß und Arbeit schaffen nur seinem Elend
eine längere Dauer. Er darf kein Eigenthum
besitzen, ihn plündert Jeder ungestraft. Dul-
dend muß er Uebermuth ertragen, und reizt ein
Frevel zur Vergeltung ihn, so leidet er den Hun-
tod. (*) Verbannt aus jeder ehrlichen Gesellschaft, gleich der Indier verworfenen Caste —
Frohndienst und niedrige Gewerbe — gedörrter

Fisch

(*) So verordnen die Gesetze Peter des Großen.

Fiſch und eine Sclaven-Peitſche — ach welch ein Jammerbild! — Geſundheit bringt ihm keine Freude, dem Kranken mangelt jeder Troſt, der Sterbende iſt von der Welt verlaſſen, ehe er die Welt verließ. In öder Stille verhallt ſein lezter Seufzer, unabgetrocknet bleibt der Todes-Schweiß auf ſeiner kalten Stirn. Tage und Wochen kriechen vorüber, man wird es nicht einmal gewahr, daß der Opfer Zahl ſich verminderte. Die Verweſung nur trozt ſeinen Tyrannen die lezte Gnade ab — in den Schnee verſcharrt zu werden. —

Benj. Halt ein du langſam Mordender! Hinweg mit deinem Gifte! Leih mir einen Dolch!

Cruſt. Schon mancher ſenkte in Verzweiflung das Meſſer tief in ſeine eigene Bruſt, und ſeine Henker lächelten. Noch Keiner gab der kühnen Hoffnung Raum, nicht durch Barmherzigkeit des Todes oder Fürſtengnade, nein, durch Klugheit, Muth, vereinte Kraft, Erlöſung zu erringen. Dir war es vorbehalten — Graf Benjowsky — Magnat von Ungarn — Gatte — Vater — Held! —

Benj.

Benj. (feurig.) Hier bin ich! rede! was willst du mit mir?

Crust. Nur Worte hat der Greis, der Mann ist reich an Thaten.

Benj. Genug des Oels in diese Glut! sprich! was soll, was kann ich thun?

Crust. Dich und uns befreyen.

Benj. Hier ist mein Arm, leih mir deinen Kopf.

Crust. Zu herrschen formte die Natur den deinigen. Nicht meiner Klugheit, meiner Vorsicht nur bedarfst du. Sie soll dir in Gefahren treu zur Seite wandeln.

Benj. Aber wie? ich tappe noch im Finstern. Gewalt der Menschen hat mit der allgewaltigen Natur sich gegen uns verbunden. Auf dieser Seite trennen wüste Steppen, gränzenlose Schnee = Gefilde, auf jener ungebahnte Meere uns von der bewohnten Welt. Ohne Schiffe, ohne Wegweiser, ohne Waffen, ohne Brod, heute gegen Menschen, morgen gegen Hunger kämpfend, heute frey und morgen todt —

Crust. Tod und frey — wohlan! und wär' es auch —

Benj.

Benj. Recht Alter! rede weiter.

Cruſt. Wir ſpielen großes Spiel; gewinnen läßt ſich viel, verlieren nur das Leben.

Benj. Wohlan! laß in das Innere deines großen Entwurfs mich blicken.

Cruſt. (ſchließt einen kleinen Schrank auf, nimmt ein Buch heraus und reicht es Benjowſky.)

Benj. (ſchlägt es auf und lieſt.) Anſons Reiſe um die Welt. Was ſoll das?

Cruſt. Du haſt den Namen eines Freundes ausgeſprochen. — Bey meiner Ankunft wandten die Barbaren mir alle Taſchen um, mein bisgen Geld ward ihrer Raubſucht Beute, nebſt andern Kleinigkeiten. Ich zitterte — man lachte höhniſch — die Thoren wuſten nicht, ich zitterte für meine Bücher. Drey Freunde haben brüderlich in die Verbannung mich begleitet: Anſon, Phädon und Plutarch, dem zweyten dank' ich meinen Glauben an Gott und eine beſſere Zukunft, der dritte mahlte mir die Helden Griechenlands, er lehrte mich der Menſchheit Kraft und Würde kennen — und hoffen — ach Benjowſky! — (auf das Buch deutend) Hoffen lehrte mich Lord Anſon.

Benj.

Benj. Er? wie das?

Crust. (heimlich, vertraut, mit Jünglings-Feuer.)
Fliehen! Fliehen! nach den Marianischen Inseln!
Die Möglichkeit hat dieser Seemann mir erwie-
sen. Die Insel Tinian — ein Paradieß auf
Erden! Frey! frey! ein milder Himmel! eine
neue Sonne! harmlose Bewohner, gesunde
Früchte — und Freiheit! Ruhe! — Ach
Benjowsky! rette dich und uns!

Benj. Mit staunendem Entzücken seh' ich an
deinem Riesen-Geist hinauf. — Schlag ein!
ich will! — Mit diesem Handschlag weih' ich
dir mein Leben. Tod oder Freiheit löse dieses
Band. Umarme mich! fest, brüderlich, wie
Elend und Verzweiflung sich umarmen.

Crust. Nicht also, du bist unser Herr! (er
kniet nieder.) Ich schwöre dir den Eid der Treue
und Unterwürfigkeit!

Benj. (auf ihn herabsinkend.) Vergelten will
ich dieß Vertrauen, siegen oder fallen. Doch
soll bey meinem Fall Kamtschatka's Boden
zittern!

C 3

Crust.

Cruſt. Genug! die Brüder unſers Bundes harren auf das Zeichen (er geht an die Thür und zieht einigemal an einem von der Decke herabhängenden Stricke; worauf man eine Glocke lauten hört.)

Benj. Was thuſt du?

Cruſt. Tritt ans Fenſter und ſieh! von allen Seiten ſtrömen ſie herbey.

Benj. (hinausſchauend.) Willkommner Anblick! So ſieht der Arme deſſen Schiff an einer Klippe hängt, der Rettung vom nahen Ufer entgegen.

(Eine große Anzahl Verwieſener tritt auf, unter ihnen auch Stepanow. Man grüßt ſich wechſelſeitig, man ſchüttelt ſich die Hände. Die Verſammlung bildet ei=nen halben Cirkel, in deſſen Mitte **Cruſtiew** und **Benjowsky.**)

Cruſt. Freunde! Brüder! Seit Jahren wähltet Ihr mein reiferes Alter zum Führer auf dem Jammer=Pfade, wo Dornen ohne Ro=ſen wachſen. Ihr war't zufrieden mit dem alten Cruſtiew; nur kalt und langſam, ſchüchtern und bedächtlich, ſchaltet Ihr ihn zuweilen, wenn eure raſche Ungeduld in die Kette biß, eure brauſenden Köpfe gegen feſte Mauren rannten, und ich Euch nachrief: Halt!

Ihr

ihr macht euer Uebel schlimmer. Meynt Ihr,
ich hätte dieser Fesseln Schwere minder gefühlt?
meiner Seufzer, meiner Flüche Zahl sey gerin-
ger? meiner Thränen weniger? — Ich habe
so wie ihr gelechzt nach Freiheit und Erlösung!
Auf Brüder! die Stunde ist gekommen! Ich
entsage feierlich jedem Vorrecht, das eure Wahl
mir anvertraute. An unserer Spitze steht ein
Held! (auf Benjowsky zeigend.) ein edler Ungar,
unter Polens Fahnen zu Kampf und Sieg ge-
wöhnt. Sein Arm wird das Panier der Freiheit schwingen! Seiner Thaten Ruf wird vor
ihm hergehn! — er will — und er vermag!
vor seinem Namen zittern unsre Henker! und
Tyrannen fliehen vor seinem Schwerdte (dumpfes
Gemurmel unter der Versammlung.) Rede, Graf Benjowsky. (Stille.)

Benj. Reden? — Schwerdtgeklirr sey unsere Sprache! der Schwur der Treue unser Mor-
gen-Gruß! der Freiheit Jauchzen unser Abendsegen! Stärker sind des Unglücks Bande als
Sclavenfesseln! stärker ist Verzweiflung als To-
desfurcht! — Ihr kennt mich nicht, ich kenne

C 4 euch

Euch nicht; aber wir sind elend, wir sind Brüder. Ist einer unter Euch, der williger sein
Blut für Euch verspritzen möchte, der trete auf,
ich huldige ihm. Mein Ehrgeiz heischt keinen
Vorzug! Ach an Eurer Spitze nur, laßt mich
die steile Höh' erklimmen, wo der Freiheit Pal-
me blüht; unbekümmert ob ein Felsenstück
herabrollt, mich zerschmettert. Wer unter Euch mich wanken sieht, der stoße das Schwerdt
der Rache mir in die Brust. Mit Euch siegen
oder sterben, das ist mein fester Entschluß, so
wahr mir Gott helfe! (Frohes Gemurmel der Verschwornen.)

Crust. Wohlan! wer denkt wie ich, der
entblöße sein Haupt und strecke die Hand empor.
(Alle thun es, außer Stepanoff.) Du allein Stepanoff?

Step. Ich allein. Meynst du deine glatte
Zunge sey ein Drath, der uns alle wie die Pup-
pen ziehe? O ich kenne die Gewalt, welche Be-
dekunst über Herzen giebt. Ihr habt geredet,
auch ich will reden.

Crust. Rede.

Step.

Step. Brüder, ist das Recht? Ich, euer Landsmann, stehe hier gegen einen Fremdling, einen Ketzer. Seine Thaten will ich nicht bezweifeln, er ist tapfer, ich bin es auch. Von seltnem Muth habt ihr gehört, von dem meinigen wart ihr Zeuge. Die Polen mußten einen Ungar hohlen und ihn an ihre Spitze stellen; wir sind Russen. Er will sein Blut für Euch verspritzen, ich auch. Ist Slaven-Blut auch wohl der Rede werth? Er wird Euch seine Thaten für ein Verdienst anrechnen, die meinigen sind ein Geschenk der Bruderliebe. Ich werde morgen mit Euch fechten, wie ich gestern mit Euch schmaußte. Wohlan, entscheidet. (Gemurmel. Viele setzen ihre Mützen wieder auf.)

Crust. (will reden.)

Benj. (ihm ins Wort fallend.) Halt! Einigkeit sey unsre Stütze! wenig vermag der Mensch, viel vermögen Menschen; unbrauchbar wird die Kette, wenn auch nur ein Glied sich von dem andern trennt. Hier ist die Frage: was soll geschehen? und nicht: wer soll der Erste seyn? Nach Freiheit dürsten wir, gleichviel wer uns den Becher reicht, er oder ich. Stepanoff, du bist ein

C 5   Mann,

Mann. Reich mir die Hand. Kein Groll,
kein Neid soll diesen Bund entweihen. Unserer
Brüder Wille ist ein Gesetz, dem ich mich willig
unterwerfe.

Step. Genug geschwatzt. Wie lange wollt
ihr zaudern?

(Verwirrtes Rufen:) Crustiew, der alte Crustiew
soll entscheiden!

Crust. (winkt mit der Hand. Es wird stille.)
Stepanoff ist tapfer wie der Blitz, der zickzack
aus den Wolken fährt, den Frommen wie den
Bösen trifft. (zu Stepanoff.) Runzle nicht die
Stirn, zieh die Augenbrauen nicht zusammen.
Hier gilt es unsre Freiheit, hier muß ich Wahrheit reden. — Brüder! die Perser jagten Elephanten vor sich her, das feindliche Heer in Unordnung zu bringen; doch nimmer war ein Elephant ihr Heerführer, versteht Ihr mich?

Alle. Benjowsky! Graf Benjowsky! wir
wählen ihn!

Step. Es sey! der Elephant ist abgerichtet
seine Knie zu beugen.

Crust. (niederkniend.) Wir schwören dir —

Alle. (knien nieder, und heben die rechte Hand auf.)
Wir schwören!   Crust.

Cruſt. Unerſchütterliche Treue, Gehorſam unbedingt, des großen Entwurfs Gelingen ſey unſre Kraft geweiht, im Nothfall unſer Leben. Tiefes Schweigen feßle unſre Zunge. Der Eidbrüchige iſt des Todes ſchuldig! und keiner weigere ſich gerechte Rache zu vollſtrecken, müßte er auch das Schwerdt in ſeines eignen Bruders Bruſt ſtoßen.

Alle. So ſchwören wir!

Cruſt. Wenn durch Schickſal oder durch Verrätherey Einer unter uns im Kerker ſchmachten ſollte, ſo entreiße keine Marter ihm das Geſtändniß; eher beiße er die Zunge ſich ab, und ſpeye ſie dem Henker ins Antlitz. Gift oder Dolch betrüge die Tyrannen um ihre Beute, und ſein Grab ſey auch das Grab unſers Geheimniſſes.

Alle. So ſchwören wir!

Cruſt. Es iſt vollbracht.

Alle (ſtehen auf.)

Benj. (kniet nieder und reicht Cruſtiern beide Hände.) Aus deiner Hand empfange ich euren Schwur, in deine Hand leg' ich den meinigen.

Cruſt. Im Nahmen Gottes! (feierliches Schweigen.) Brüder! in der Stunde der Mitternacht

ternacht verſammelt Euch in der Kapelle, dieſen
feierlichen Bund am Altare zu beſiegeln.

Der Thürhüter (haſtig.) Eine Ordonnanz
des Gouverneurs betritt ſo eben das Haus.

Cruſt. (ängſtlich.) Unſre zahlreiche Verſammlung wird Verdacht erwecken.

Benj. Singt, Brüder, ſingt! das erſte
beſte Lied.

(Eine Stimme fängt an, die andern fallen ſogleich ein.) (*)

  Luſtig! luſtig! wackre Brüder!
  Träumt euch froh und frey!
  Und vergeßt beym Klang der Lieder
  Eure Sclaverey.

Ordonnanz (tritt herein.) Holla! hier geht
es luſtig her.

Cruſt. Willkommen! willſt du mit ſingen?

Ordonn. Ich habe keine Zeit. Welcher
unter Euch iſt Graf Benjowsky?

Benj. Ich.

Ordonn. Der Gouverneur erwartet Euch.

Benj. Ich komme.

Ordonn. Gott befohlen. (er geht.)

         Benj.

(*) Nach der Melodie eines bekannten ruſſiſchen
Volks-Liedes.

Benj. Ein Jeder gehe nach wie vor an sein Geschäft. Kein Zug, kein Wort, verrathe etwas Ungewöhnliches. Gehet einzeln. Sammlet nicht in kleinen Haufen Euch auf den Straßen. Steckt die Köpfe nicht zusammen. Seyd Ihr allein, so starrt nicht grade vor Euch hin, als ob Ihr über wichtige Dinge brütetet. Laßt weder Murren noch Troß, weder Klage noch Hoffnung Euch entwischen. — Lebt wohl! gedenket eures Schwures, den Meinigen hat Gott gehört.

(ab.)

Alle (schwaßen unter einander.) Ein tapfrer Mann! ein Held! er wird uns retten. Nur Vorsicht und Verschwiegenheit. Fort auf die Jagd! fort auf die Jagd! (Alle ab, außer Crustiew und Stepanoff.)

Cruſt. (ihnen nachrufend.) Um Mitternacht sehen wir uns wieder.

Step. (bleibt mit verschränkten Armen in einem Winkel stehen, und sieht finster vor sich nieder.)

Cruſt. (der ihn mistrauisch schweigend beobachtet.) Stepanoff!

Step. (auffahrend.) Aha! bist du noch hier?

Cruſt.

Crust. Du scheinst in diesem Augenblicke nicht hier zu seyn.

Step. Ich? — Doch! ich scheine nicht immer was ich bin — aber bey Gott! ich bin immer was ich seyn soll!

Crust. Was hast du, wilder Mensch?

Step. Sprich wildes Thier. Du bist ein kluger, alter Mann, gelehrt, belesen. Du kennst die Welt, vom Wurme bis zum Elephanten, doch dein Gedächtniß taugt nicht viel. Eines hast du vergessen.

Crust. Das wäre?

Step. Wenn die Elephanten wüthend wurden, kehrten sie nicht selten sich gegen ihr eignes Heer, und die Folge war — Verwüstung — Tod! — (er geht schnell ab.)

Crust. (ihm lange nachsehend, dann bedächtig den Kopf schüttelnd.) Da nagt ein Wurm an unsrer Freiheit Blüte. (er geht ab.)

(Afanasia's Zimmer, ein Buch und ein Schachbret auf dem Tische.)

Afanasia. Mein Vater hat geschickt?

Feodora. Lange schon.

Afan. Und er ist noch nicht hier?

Feodo.

Feodo. Mein Gott! wenn er auch Alles kann, so kann er doch nicht fliegen.

Afan. (unruhig auf= und niedergehend.) Sonderbar! ich weiß nicht was ich will. — Es ist noch früh, nicht wahr Feodora?

Feodo. Bald Mittag.

Afan. (vor den Spiegel tretend.) Ich bin noch nicht gekleidet.

Feodo. Hab' ich Sie nicht oft genug daran erinnert? Sie vergessen heute Alles.

Afan. Alles? — ich denke an Alles!

Feodo. Ja, so wie heute früh, als Sie statt der Milch Kaffee in den Thee goßen, und tranken, ohne den Mund zu verziehen.

Afan. (vor dem Spiegel) Mein Haar ist in Unordnung.

Feodo. Sie haben nicht geschlafen, sich die ganze Nacht herumgeworfen.

Afan. Wen hat mein Vater geschickt?

Feodo. Den Korporal Iwan.

Afan. Die alte Schnecke.

Feodo. (durchs Fenster blickend.) Da kommt er schon.

Afan.

Afan. (fich rasch umdrehend.) Wer?

Feodo. (lächelnd.) Ein Mann, ein Halbgott! was weiß ich.

Afan. (welche selbst an das Fenster eilt.) Er sieht nicht herauf.

Feodo. Sie sollten nicht herunter sehn.

Afan. Weißt du wie mir zu Muth ist?

Feodo. So ungefehr.

Afan. Als ob wir uns schon lange kennten, als ob ich ihn rufen müßte.

Feodo. Fräulein, Fräulein! was soll daraus werden?

Afan. Ich habe nie so wenig an die Zukunft gedacht, als eben heute. —

Feodo. Desto schlimmer —

Afan. St! ich höre meines Vaters Stimme.

Feodo. Gute Nacht! Moral und Sentenz!

Afan. (wirft sich in einen Sessel, ergreift ein Buch, und stellt sich emsig lesend.)

Feodo. (sie schalkhaft betrachtend.) Vortreflich! die Unbefangenheit in eigner Person. O es ist ein köstliches Ding um ein Weiberherz! in der Tiefe immer Wellen, und oben immer eine glatte

glatte Fläche. (Sie schielt Afanassen über die Achsel
nimmt ihr lächelnd das Buch aus der Hand, dreht es
um, und giebt es ihr zurück.) Sie hielten ja das
Buch verkehrt. Ha! ha! ha! (Sie läuft in
ein Seiten-Zimmer.)

Afan. (allein.) Die Buchstaben hüpfen vor
mir herum — (nach der Thür schielend) und
mein Herz wallt ihm entgegen.

(Der Gouverneur tritt mit Benjowsky herein.)

Gouv. Hier ist meine Tochter.

Afan. (wechselseitige Verbeugungen. Die Schau-
spielerin hüte sich, einen Knix zu machen. Die russischen
Damen grüßen, indem sie sich mit dem halben Leibe vorwärts beugen.)

Gouv. Ich wiederhole meine Bitte. Die
Langeweile, wie man sagt, soll Verliebte schaffen und Gelehrte bilden, je nachdem Kopf oder
Herz an Beschäftigung Mangel leiden. Meiner Tochter Herz ist ein väterliches Eigenthum;
mit ihrem Kopfe schalten Sie nach Wohlgefallen.
Der Garten ist verwildert, aber der Boden gut.

Benj. Meine Kenntnisse sind gering, ich
war Soldat. Schlachten oder Bänder ordnen;
ein Lager abstecken oder Hauben stecken; eine

Karte oder ein Muster zeichnen; sind so verschiedene Dinge —

Afan. Mein einfaches Morgen = Kleid widerlegt Ihre Demüthigung, Herr Graf.

Benj. Bescheidenheit und Schönheit sind liebliche Schwestern.

Afan. Wenn ich erröthen muß, so laufe ich davon.

Benj. Eine Drohung, vor der selbst die Wahrheit verstummt.

Gouv. Wohlan meine Tochter, wir müssen dankbar seyn. Graf Benjowsky wird deinen Verstand bilden, du wirst dagegen seine Fesseln erleichtern.

Afan. Mit Freuden! —

Gouv. Er will dich Französisch und die Harfe lehren, du wirst die kleinen Freuden, welche Abgeschiedenheit und Mangel uns vergönnen, schwesterlich mit ihm theilen. Ich spreche Sie frey, Herr Graf, von aller öffentlichen Arbeit. Ihr Unterhalt ist meine Sorge.

Benj. Mein Dank —

Gouv. Stille! wer von uns gewinnt am meisten? Sie oder Ich? — Jezt lasse ich den

Leh-

Lehrer bey der Schülerin allein, und erwarte ihn nachher auf eine Partie Schach. (er geht ab.)

Afan. (Pause. Verlegenheit, mit niedergeschlagenen Blicken.) Wenn nur die Schülerin dem Lehrer keine Schande macht.

Benj. (Verlegenheit.) Weil sie zu bald ihn übertreffen wird?

Afan. Haben Sie auch Geduld?

Benj. Welche Frage an einen Sclaven!

Afan. Daß doch immer Glück und Unglück sich wechselseitig gründen. Diese Blume welkt; jene nährt sich von dem Staube der Verwelkten. Ihr Schicksal, Herr Graf, ist bitter; aber es versüßt das unsrige. Ihre Leiden mildern sey unsre Pflicht — nicht Pflicht, wie komm ich zu dem trocknen Worte? —: sey unsre Freude!

Benj. (froh erstaunt.) Gott! ich höre eine Sprache, die meinem Ohre fremd geworden war.

Afan. Dieses Land ist freilich rauh und kalt, unsre Blumen riechen nicht, unsre Früchte sind sauer, unsre Menschen wild und roh —

Benj.

Benj. Ach mein Fräulein! der Mensch ist die einzige Frucht, welche unter keinem Himmelsstriche ausartet. Ueberall gedeiht das Unkraut.

Afan. Warum nur Unkraut?

Benj. Weil es nicht der Mühe werth ist, von den Paar Waizenkörnern zu reden, die darunter wachsen.

Afan. Ihre Sprache verräth, daß Sie viel Unglück erduldeten.

Benj. Viel? ach ja! ein Unglück kann viel Unglück seyn. Ich bin Sclave.

Afan. Wir werden Ihre Sclaverey erträglich machen.

Benj. (sehr ernst.) Es giebt keine erträgliche Sclaverey (plötzlich galant) vielleicht die der Liebe ausgenommen.

Afan. (munter.) Es giebt keine Sclaverey der Liebe.

Benj. Kennt man die Liebe auch in Kamtschatka?

Afan. Man lebt ja in Kamtschatka.

Benj. Vielleicht ohne Liebe, wie ohne Sonne.

Afan.

Afan. Ey nun was nicht die Sonnenwärme hervorlockt, das bewürkt die warme Einbildungs- Kraft eines Dichters. Wir lesen wenn wir können, wie lesen und empfinden. Gäbe es nur mehr gute Bücher in unsrer Muttersprache. Schon lange war mein Wunsch Französisch zu ler- nen. Sie haben meinem Vater versprochen —

Benj. Was meine Kräfte vermögen.

Afan. Sollen wir den Anfang machen?

Benj. Gern, aber ohne Buch —

Afan. Nicht aus dem Buche, von Ihnen will ich lernen.

Benj. Aber wie; wenn der Lehrer vor seiner Schülerin verstummt.

Afan. Weil er kein Buch hat? — Sie sehen mich so an Herr Graf? in Ihren Augen steht, was ich gerade noch in keinem Buche las.

Benj. (verlegen.) Daß doch die Schönen sich so gern an der Verwirrung eines Soldaten er- götzen.

Afan. Weil es unsrer Schwachheit schmei- chelt, und unsern Waffen Ehre macht. Weg mit den Possen! Auch ohne Buch wollen wir

uns

uns bald helfen. Sie sagen mir Worte vor, und ich lalle sie nach, so gut ich kann.

Benj. Worte?

Afan. Ich lerne heute ein Dutzend, und morgen ein Dutzend, in Jahr und Tag kann ich Französisch mit Ihnen plaudern. Wie nennt man zum Beyspiel das Auge, die Wangen, den Mund, das Herz?

Benj. Le Coeur.

Afan. Le Coeur —— le Coeur —— sehn Sie, das weiß ich schon. Le Coeur. —— Was heißt denn: das Herz klopft?

Benj. Le Coeur palpite.

Afan. Le Coeur palpite. O das ist schön! (die Hand aufs Herz mit einem Seufzer) Le Coeur palpite. Ich bin eine gelehrige Schülerin, ich fühle was ich lerne.

Benj. (verwirrt.) Fast hätte ich vergessen, daß Ihr Herr Vater mich zum Schachspiel berief. Ich bitte mich für heute zu beurlauben.

Afan. Nicht doch, heißt das die Stunde aushalten?

Benj. (bedeutend.) Eine ganze Stunde, mein Fräulein?

Afan.

Afan. Nun ja, bin ich denn so langweilig?

Benj. Um Gotteswillen! vergessen Sie nicht, daß ich nur ein armer Verwiesener bin; und lassen Sie auch mich das nie vergessen.

Afan. Warum nicht? ich will Sie nicht verweisen. Sie haben gegen die Russen gefochten, was geht das mich an? Sie sind gefangen worden, was geht das mich an? Sie wurden hieher gebracht, das geht mich ein wenig an.

Benj. In wie fern, mein Fräulein? welches Amt verwalten Sie hier?

Afan. Das schöne Amt Unglückliche zu trösten.

Benj. (gerührt, sein volles Herz erleichternd.) Ich sehe, die Natur war auch hier gerecht: Zwar raubte sie den Fluren ihren Frühlings-Schmuck, aber sie vereinigte alle ihre Wohlthaten in einer schönen Seele. Kamtschatka ist keine Wüste.

Afan. Freundschaft baut sich wie die Schwalbe überall ein Nest. Freude ist kein Schmetterling, der sich nur auf Blumen sezt, und im Winter erstarrt. Freude lebt auch unter dem Nordpol.

Benj.

Himmel! welche Blume hat diese
tfaltet!

Wollen Sie mich eitel machen? Aber
hon wie ich das zu nehmen habe. Auf
ichtbaren Steppe freut man sich auch
iblümchens.

Was ist Kunst gegen Natur!

Gefällt es Ihnen so?

Darf es mir gefallen?

Sonderbarer Mann! Ihr Auge ist so
ihr Mund so furchtsam.

O dann verzeihen Sie des Auges
m der Bescheidenheit des Mundes

Ein Wort das nur noch auf der
bt, und ein Stein in der Hand,
unschädlich; aber das Wort ent-
Stein ist geworfen, wer kann für
hen? — Ihr Herr Vater erwar-
- Ich danke Ihnen, mein Fräu-
frische Blüthe, welche Ihre Hand
ten Kranz meiner Freude flocht. Ich
, daß ich wieder stolz seyn darf,
re Freundschaft. Das Uebermaß
e verdanke ich nur meinem Unglücke.

Wer

Wer könnte diese edle Empfindung mißverstehen? wer ihr eine hämische Deutung geben? — Ihnen ist jedes Gefühl geweiht, das in dem Herzen eines Sclaven laut werden darf. (Er grüßt sie ehrerbietig und entfernt sich.)

Afan. (sieht ihm lange schweigend nach, dann geht sie unruhig auf und nieder. Dann greift sie nach dem Buche, blättert darin, und wirft es wieder weg. Dann tritt sie gedankenvoll an das Schachbret, und spielt mechanisch mit den Steinen. Dann seufzt sie, legt die Hand auf die Brust, und spricht:) Le Coeur palpite!

Ende des zweyten Akts.

Dritter Akt.

(Crustews Zimmer.)

Crust. (allein am Fenster.) Wo bleibt er? — Seine Gegenwart giebt dem Körper Leben, Alles keimt und schießt herauf: seine warme Thätigkeit muß es zur Reife bringen.

Step. (tritt auf mit Flaschen und Glas in der Hand, nicht völlig nüchtern.) Guten Tag Alter!

laß

laß uns trinken, auf das Wohlseyn aller plauder=
haften Zofen.   (er trinkt.)

Crust. Was willst du damit sagen?

Step. Viel oder wenig, nach Gefallen.
Ich habe eine köstliche Entdeckung gemacht, ich
bin berauscht davon.

Crust. Des Rausches Ursach ist in deinen
Händen.

Step. Poßen! gieße Feuer statt des Hirns
in meinen Kopf; und es ist Nüchternheit gegen
diesen Rausch.

Crust. Wüster Mensch!

Step. Kennst du den Kosaken Kudrin?

Crust. Die Frage eines Trunknen.   Ist er
nicht der Unsrigen Einer?

Step. Trau ihm nicht, er ist der Sclave
eines Weibes.   Er liebt Feodora, Afanassens
Mädgen.

Crust. Was kümmert das mich?

Step. Er hat kein Geheimniß vor ihr, und
sie hat keins vor ihm.   Ha! ha! ha!

Crust. Ich verstehe dich nicht.

Step. Dank dir Satan für diesen Dienst!
(er schenkt ein und trinkt.) Der Teufel soll leben!

Crust.

Cruſt. Frevler! deine Trunkenheit iſt gräßlich.

Step. Jezt bin ich in der Stimmung deren ich bedarf. (er ſezt Flaſche und Glas auf den Tiſch.) Da trinke den Ueberreſt.

Cruſt. Geh, leg' dich ſchlafen.

Step. Schlafen? ey warum nicht? Ihr ſähet gern, ich ſchliefe immer. (ſpöttiſch.) Gute Nacht Alter! (er geht fort.)

Cruſt. Welch Räthſel hat der wilde Thor im Sinne? Der Wirrwar ſeiner Worte ſchien mehr als bloßer Rauſch.

Benj. (tritt haſtig auf.) Ich habe viel mit dir zu reden.

Cruſt. Und ich mit dir.

Benj. Die Liebe miſcht die Karten, das Spiel iſt gewonnen.

Cruſt. Was heißt das?

Benj. Alle meine Menſchen-Kenntniß, alle meine Mädgen-Kenntniß trügt, oder Afanaſja liebt mich.

Cruſt.

Cruſt. (ſchüttelt lächelnd den Kopf.) Dieſe Liebe iſt in einer Nacht heraufgeſchoſſen, wie ein
Schwamm.

Benj. Iſt Liebe nicht immer ein unerwarte-
ter Beſuch? Haſt du je gehört, daß man Au-
ſtalten macht, ſie zu empfangen?

Cruſt. Nun dann? und wozu frommt es?

Benj. Das ahndeſt du nicht?

Cruſt. Willſt du ſie heyrathen?

Benj. Ich hab' ein Weib!

Cruſt. Willſt du ſie betrügen?

Benj. Pfuy!

Cruſt. Willſt du ſie wieder lieben?

Benj. Ich kann nicht — ach! ich weiß
nicht —

Cruſt. Nun?

Benj. Rathe mir.

Cruſt. Ich rathe nicht, wo ſchon beſchloſſen
worden.

Benj. Beſchloſſen?

Cruſt. Frage dich nur ſelbſt; das blühende
Mädgen behagt dir.

Benj.

Benj. (einen Augenblick in Gedanken verloren, dann die Achseln zuckend.) Wenn ich mein Herz durchspähe.

Crust. Was findest du?

Benj. (nach einer Pause.) Sinnlichkeit und Eitelkeit; Wohlwollen und Reiz der Neuheit —

Crust. Männer-Eitelkeit ist ein häßlicher Götze, dem schon manches truglose Herz geopfert wurde.

Benj. Nur unser Vortheil, unsre Freiheit schwebten mir vor Augen.

Crust. Gut, wenn du dich stark genug fühlst, die Gränzen nicht zu überschreiten. Nicht gut, wenn du unser Glück auf eines harmlosen Geschöpfes Elend bauen willst.

Benj. Nimmermehr!

Crust. Ich bin ein alter Mann, und Aberglaube ist des Alters Erbtheil. Unser Anschlag könnte gelingen auf Kosten einer Unschuld. Lieber Sclave unter des Henkers Peitsche, als frei unter des Gewissens Geißel. So oft ein Sturm auf hohem Meer uns ergriffe, würde ich ängstlich rufen: siehe das ist Gottes Rache! —

Drum

Drum schwöre mir heilige Ehrfurcht für des
Mädgens Tugend!

Benj. Pfui! der häßliche Gedanke hat mich
nie versucht. Ich schwöre dir.

Crust. Wohlan, dann magst du immerhin
ihrer Hoffnung goldne Brücken bauen. Ein
halbes Wort, ein schüchterner Blick, mögen ihr
Herz in süße Träume wiegen. Sind wir fort,
so wird sich das verbluten. Es vergißt sich Alles in der Welt, nur verlorne Unschuld nicht. —
Indessen ziehe einen dichten Schleyer um dieß
Geheimniß. Laß es unter den Verschwornen
nicht laut werden. Hüte dich vor Stepanoff.

Benj. Warum?

Crust. Weil er um das Mädgen raßt.

Benj. Er kennt sie?

Crust. So wie wir sie alle kennen.

Benj. Kennt sie ihn?

Crust. Ich zweifle.

Benj. Sprach er sie?

Crust. Nimmer.

Benj. Und doch verliebt?

Crust. Wie ein Wahnsinniger in eine Prin-
zessin. — Jezt ein Wort von dem, was ich indessen
vorbe-

vorbereitet und gewürkt. Vieles ist gut, vieles nicht gut.

Benj. Zuerst das Gute!

Crust. Es überträgt das Schlimme —
Tschulosnikoff segelte nach den aleutischen Inseln um See = Ottern zu fangen. Acht und zwanzig Jäger dienten unter ihm. Sie sind zurückgekehrt und murren, das Schiffsvolk ist gewonnen, das Schiff ist unser.

Benj. Die Stimme eines Engels!

Crust. Sie sammeln sich um Mitternacht in der Kapelle, durch einen Schwur ihr Schicksal an das unsrige zu knüpfen.

Benj. Dir ist ein Meisterstück gelungen —
Ach Crustiew! mein Kopf gleicht einer Zauberlaterne. Von der Einbildungskraft beleuchtet, fliegen die Bilder bunt vorüber. Schon seh'
ich mich in Chind, Japan, Indien, schon umsegeln wir das Vorgebürge der guten Hoffnung — Hoffnung! Himmelstochter!

Crust. Nicht so hastig, birg das Feuer in der Asche, wir sind noch fern vom Ziele.

Benj. Der Weg ist eben, die Felsen liegen hinter uns.

Crust,

Ernst. Und plötzlich, sinken wir vielleicht auf ebenem Wege in einen Abgrund, Mißgunst glupt aus jedem Winkel, in jeder Ecke lauren Neider, der ist ein Thor, der seine Feinde auf den Heerstraßen sucht. Im Busche liegen sie versteckt. Sie lassen dich Sorglosen vorüberziehen, und treffen von hinten.

Benj. Alles kömmt mit Liebe mir entgegen.

Ernst. Desto schlimmer! Die ausgehängte Flagge wird dich sicher machen, viele hassen dich, weil es immer Menschen giebt, klug genug, eines großen Geistes Ueberlegenheit zu fühlen, und dumm genug sie zu beneiden. Viele hassen dich um der großen Summen willen, die sie im Schach an dich verlohren. Da ist zum Beispiel Kasarinoff. —

Benj. Der blödsinnige Kaufmann?

Ernst. Er stellt dir nach.

Benj. Er?, du irrst. Er sandte mir noch diesen Morgen ein Geschenk von Thee und Zucker.

Ernst. Sey auf deiner Huth! er überzuckert seine Tücke.

Benj.

Benj. Mißtrauischer Greis! Mache die Menschen nicht schlimmer als sie sind. Miß= trauen hat schon manches Gute erstickt, und manche schöne Seele abgewendet.

Cruſt. Vorsicht ist nicht Mißtrauen.

Waſili (tritt auf.) Ach ein Unglück!

Benj. Rede.

Waſili. Unser kleiner Schäferhund Saba'c ist todt.

Cruſt. Wir haben einen wachsamen Freund verlohren. Wie ging das zu?

Waſili. Ich bereitete den Thee für Graf Benjowsky, der kleine Schäfer belustigte mich durch seine Gaukeleyen, ich gab ihm ein Stück von dem Zucker, welchen Kasarinoff dir zum Ge= schenke sandte. Er fraß, und in wenig Minu= ten verdreht' er die Augen, fiel in Zuckungen und starb.

Benj. (ſtutzt.)

Cruſt. (nach einer Pause) Wie nun Ben= jowsky?

Benj. Ich erstarre.

Cruſt. Wer kennt die Menschen besser?

E   Benj.

Benj. Du! — aber büßen soll er diese teuflische Arglist! ich will zum Gouverneur —

Crust. Doch nicht unbewaffnet.

Benj. Ein Giftmischer ist die niedrigste Gattung von Meuchelmördern; ein Stock findet sich überall. — Bringe mir, Wasili, ein Stück von diesem Zucker.

Wasili. (ab.)

Benj. Armer kleiner Hund! wenn mir das Alter Ruhe schenkt, soll einst dein Bild in Marmor ausgehauen, meinen Garten zieren, und die Vorsehung durch deinen Anblick mich zu immer neuem Danke wecken. (Er will gehn, und stößt auf Tschulosnikoff, der mit wütender Geberde ihn bey der Brust paßt, indem er schreit:) Halt! nicht von der Stelle! (Benjowsky stößt ihn mit überlegener Kraft von sich, daß er taumelt.) Dort im Winkel steh und rede! was willst du?

Tschulosnikoff. Alle Teufel! das mir? von einem Verwiesenen?

Benj. Du hättest nicht vergessen sollen, daß ein Verwiesener ein Mensch ist.

Tschul. Beschimpfung von Beschimpften!

Benj.

Benj. Desto schlimmer für dich!

Tschul. Der Gouverneur soll's wissen!

Benj. Das soll er!

Tschul. Sprecht was habt ihr vor?

Benj. Dir den Hals zu brechen, wenn du nicht höflich und bescheiden redest.

Crust. (heimlich.) Mäßige dich; Hitze bessert nichts.

Tschul. Was murmelst du alter Bösewicht? Du hast mein Schiffsvolk verführt! Du hast es aufgewiegelt zu Verrath und Meuterey.

Crust. (verlegen.) Ich?

Benj. Du lügst!

Tschul. (zu Benjowsky.) Eine Verschwörung ist im Werke, und du stehst an der Spitze!

Benj. Du lügst!

Tschul. Meinen Steuermann quälte das Gewissen, er entdeckte mir's.

Benj. Er lügt!

Tschul. Vortreflich! Alles Lüge! Warum steht denn jener alte Pinsel steif und starr? Warum hat der Schrecken ihm die Glieder gelähmt? Rede Crustiew. Kennst du mein Schiffsvolk?

Crust.

Cruſt. Ich kenne es.

Tſchul. Warum ſchlichſt du vor Tages Anbruch um ihre Hütten? was hatteſt du Stundenlang hinter verriegelten Thüren mit ihnen zu verhandeln?

Benj. Narr! mit zwey Worten löſe ich dir das Räthſel, der Gouverneur und einige angeſehene Einwohner der Stadt haben mich überredet, eine öffentliche Schule anzulegen. Wir bedürfen ein geräumiges Schulgebäude. Dein Schiffsvolk iſt müßig, ich hab' es dingen wollen zur Arbeit, dieſen Auftrag gab ich Cruſtiew, er iſt des Handels einig worden, das iſt es alles.

Tſchul. Vortreflich ausgedacht! eine ſaubere Lüge! aber wartet —

Benj. Jezt ſchweig! Ich hab' dir die Ehre angethan, deinen albernen Verdacht zu widerlegen! Doch länger dieſen Unſinn dulden, wäre Schwachheit oder Furcht. Hüte dich!

Tſchul. Was? du drohſt?

Benj. Ich kann auch mehr als drohen.

Tſchul. Einem treuen Bürger ſolche Schmach von einem verwieſenen Hunde —

Benj.

Benj. (schlägt ihn.) Da hast du deinen Lohn! (indem er ihn zur Thür hinaus wirft.) Jezt pack' dich fort!

Tschul. (wüthend.) Das soll Euch Leib und Leben kosten!

Crust. Wir sind verlohren.

Benj. Warum?

Crust. Er geht zum Gouverneur.

Benj. Ich auch.

Crust. Er wird schreyen, toben —

Benj. Ich werde reden.

Crust. Und wenn er auch nicht überzeugt, so wird er Mißtrauen wecken.

Benj. Kalte Fassung gegen tolle Hitze, ein leichter Sieg.

Crust. (am Fenster.) So eile zuvorzukommen. Er ist zu Fuß, wirf dich in jenen angespannten Schlitten, fahre dort über den Fluß, der Weg ist kürzer.

Benj. Wohlan! wenn Alles gut geht, siehst du mich bald wieder. (Er geht. An der Thür stößt er auf Wasili, dem er ein Paquet abnimmt.) Aha! den Zucker hätt' ich fast vergessen. (Er eilt fort.)

Crust.

Ernſt. (allein.) Ohne ihn war unſer Spiel verrathen. Mich alten Mann verließ die Faſſung, Sclaverey und Alter beugen Leib und Seele. Ich tauge zu nichts mehr. Der Jüngling ergözt ſich an Hoffnungen; des Mannes Kraft bricht aus in Thaten; der Greis und das Kind haben nur ohnmächtige Wünſche.

(Ein Zimmer im Hauſe des Gouverneurs.)

Aſan. (tritt ſchüchtern auf.) Endlich bin ich allein. Immer iſt ſie hinter mir, immer ſchwazt ſie. Ach! die Liebe iſt beredt aber nicht geſprächig — Armes Mädgen! lebte deine Mutter noch! ſie würde dich verſtehen. — Erleichterung bedarf dieß Herz. Er iſt edel, er ſoll wiſſen, was hier vorgeht. Zutrauen findet Grosmuth! den edlen Mann entwaffnet das Bekenntniß: ich bin in deiner Gewalt. — St! ich höre Jemand auf der Treppe — ein raſcher Tritt — es iſt der Seinige —

Step. (tritt herein.)

Aſan. Ach nein! Die Sinnen haben das Herz betrogen — wollt Ihr zu meinem Vater?

Step.

Step. Zu Euch, schönes Fräulein.

Afan. Was wollt Ihr?

Step. Mehr als ein Gott mir geben kann, Eure Liebe ——

Afan. Seyd Ihr wahnsinnig?

Step. Ich werd' es, wenn Ihr mich verschmäht.

Afan. Es ziemt mir nicht Euch anzuhören.

(Sie will fort.)

Step. Bleibt um Gottes willen! Hören könnt Ihr mich ja immer, und beschließen was Euch gut und menschlich dünkt. Ich bin freilich nur ein Verwiesener, ein Auswurf der Menschheit. Um eines raschen Jugendstreiches willen ward ich verbannt. Meine Geburt ist der Eurigen gleich, mein Herz des Eurigen werth. Ein Zufall kann meine Ketten lösen, Eure Fesseln werd' ich ewig tragen. Schönes Fräulein! seht mich hold an! daß ein Strahl der Hoffnung meines Lebens Nacht durchdämmere.

Afan. Genug! auf Euer Geständniß weiß ich nichts zu antworten, doch aus Mitleid verschweig ich meinem Vater diesen Schritt.

(Sie will fort.)

Step.

Step. Bleibt! daß die Stimme der Lieb'
und Wahrheit zu Eurem Herzen reden. Als
ich hieher geschleppt in Ketten vor sieben Jahren
zum Erstenmale an den Festungswerken arbeiten
mußte; als dem ungewohnten Frohndienst meine
Kräfte unterlagen; als ich auf dem Walls ohnmächtig ausgestreckt den Tod mir wünschte: da
kamt Ihr eben die Straße herab an Eurer guten Mutter Hand. Afanasja Alexiewna! Ihr
wart damals ein kleines Mädgen: Aengstlich
bebtet Ihr zurück, als Ihr mich hülflos liegen
sahet, schmiegtet Euch an die Mutter und batet:
Mutter! gebt dem armen Manne Etwas! Eure
Mutter gab mir ein Stück Geld, und ich —
gab Euch mein Herz — Ach! Ihr seyd heran-
gewachsen, und mit Euch meine Liebe. Jahre
sind verfloßen, doch immer seh' ich noch den kleinen Engel von gestern — den Keim der Dank-
barkeit wähnt' ich in meinem Herzen zu hegen und
zu pflegen — Ach! seine Frucht ist Liebe! —
Verdammt mich nicht! zertretet mich nicht! ich
verlange und begehre nichts. Kein Schwur,
kein Versprechen soll Euch binden; nur Hoffnung,

wenn

wenn das Schickſal einſt mir wieder lächelt, daß auch Ihr mir lächeln würdet.

Aſan. Mein Mitleid ſchenke ich Euch von Herzen, doch thörichte Hoffnungen nähren kann ich nicht, und will ich nicht.

Step. Ihr könnt und wollt nicht? — (bitter.) Ihr könnt nicht, weil Ihr nicht wollt.

Aſan. Wem bin ich Rechenſchaft von meinem Herzen ſchuldig?

Step. Ein fremdes Feuer glüht unter dieſer Aſche.

Aſan. Schöpft Ihr Verwegenheit aus meiner Güte?

Step. Der Neuheit Reiz hat Euer junges Herz verblendet.

Aſan. Entfernt Euch!

Step. Ein ſchwülſtiges Geſchwätz hat Euch bethört.

Aſan. Fort Wahnſinniger! ich will allein ſeyn.

Step. Erwartet Ihr Beſuch Fräulein? wird er kommen?

Aſan. Wer?

E 5   Step.

Step. Der Glückliche, um deſſen willen man mich in den Staub tritt.

Afan. Soll ich meinen Vater rufen?

Step. Thut was Ihr wollt, mein Leben iſt um jeden Preis mir feil, das ſchöne Luft-ſchloß meiner Hoffnungen iſt zertrümmert, ich hatte Jahre lang daran gebaut. Weinen mag ich nicht, und beten kann ich nicht. Nur ein Narr weint, betet oder flucht. Dem Manne von Kopf leiht die Verzweiflung andre Mittel. Soll er zu Hohn und Spott wie Simſon auf-behalten werden, ſo paßt er wenigſtens mit ge-waltiger Fauſt des Tempels Säulen, und ſtürzt ſie krachend über ſich und ſeinen Feinden zuſammen.

Afan. Ihr raßt.

Step. Noch nicht, doch bald vielleicht. Lauren will ich und ſpüren, jeden Eurer Blicke haſchen, jede halbe unwillkührliche Bewegung auffangen und ergänzen. Liebe, Eiferſucht, Verzweiflung, werden meine Innere Sinne ſchär-fen, und gewährt der Satan mir die Freude, zu ſehen was ich will — Ha! dann ſoll ein lu-ſtig Spiel beginnen! auf meinem Grabe ſollen die Furien Eure Hochzeit-Fackel ſchwingen.

Afan.

Afan. Weh' mir! wie entkomm' ich diesem Rasenden.

Benj. (tritt herein.)

Afan. (mit einer freudigen Bewegung ihm entgegen.) Ha! Graf Benjowsky!

Step. Da ist er! Höll und Teufel! ich habe genug! — Lebt wohl, schönes Fräulein! ich gehe schon. Ihr seht, ich weiß zu leben — und zu sterben! doch nicht ungerochen!

(er stürzt hinaus.)

Benj. Was ist das? Sie zittern? und Er wütet?

Afan. Ich zittre, ja.

Benj. Warum?

Afan. Ich will es meinem Vater klagen.

Benj. Was?

Afan. Nein, ich will es nicht thun.

Benj. Was nicht?

Afan. Er jammert mich, er ist verrückt.

Benj. Verrückt?

Afan. Er liebt mich.

Benj. Ist er darum verrückt?

Afan. Ein Verwiesener ——

Benj.

Benj. (mit einiger Bitterkeit.) Recht, mein
Fräulein, das hatt' ich vergessen.

Afan. (verwirrt.) Nicht darum, daß er ver-
wiesen ist — nein — das wollt' ich nicht
sagen —

Benj. Es war doch sehr vernünftig.

Afan. O das Vernünftige ist nicht immer
das Wahre. Kann ein Verwiesener denn nicht
liebenswürdig seyn?

Benj. Er kann, aber er darf nicht.

Afan. Er darf, aber dieser kann nicht, dieser nicht.

Benj. (abbrechend.) Wo ist Ihr Herr Vater?
ich muß ihn sprechen.

Afan. Er ist — lieber Graf, ich habe Sie
beleidigt.

Benj. Beleidigt? wodurch?

Afan. Sie sind auch ein Verwiesener.

Benj. Leider!

Afan. Ich vergesse das so leicht.

Benj. Ich werde es nie vergessen.

Afan. Freilich — weil Ihre Vernunft
— weil Sie immer so vernünftig sind.

Benj. Sie sollten mich drum loben.

Afan. Recht gern — nur mit dem Munde — das Herz —

Benj. Das Herz will geschmeichelt seyn.

Afan. (verschämt.) Sie sind kein Schmeichler.

Benj. (fest.) Nein.

Afan. Es giebt auch Wahrheiten, die das Herz gern hört.

Benj. Nicht jede Wahrheit ist gut zu sagen.

Afan. Wenigstens nicht für Jeden.

Benj. Recht mein Fräulein.

Afan. Ich meinte Stepanoff.

Benj. Und seines Gleichen.

Afan. Wer ist seines Gleichen?

Benj. Jeder Verbannte.

Afan. Jeder? — ich verstehe Sie (mit einem unterdrückten Seufzer.) Angebohrne Kälte ist nicht Tugend.

Benj. Aber leiden und schweigen, ist Verdienst.

Afan. Oder Eigensinn. Sage immer was du fühlst, lehrte mich meine Mutter, so wirst du nie fühlen, was du nicht sollst.

Benj.

Benj. Dieß einzige schöne Wort ist ein Gemählde Ihrer Mutter.

Afan. Sie hat mir deren viele hinterlassen.
Wenn sie noch lebte — Ach — da drüben
auf der Höhe ist ihr beschneytes Grab — dort
will ich, wenn das erste Gras hervorkeimt, mein
Geheimniß in die Erde flüstern. (Pause.) Sie
fragen mich nicht um mein Geheimniß?

Benj. Ich habe kein Recht dazu.

Afan. Sie sind mein Lehrer — ich darf
und muß Zutrauen zu Ihnen haben. Rathen
Sie mir.

Benj. Worin?

Afan. Wenn ich Stepanoff liebte —

Benj. Nun?

Afan. Was müßte ich thun?

Benj. Sich Ihrem Vater entdecken.

Afan. Und dann?

Benj. Wenn sein Ansehen Ihrem Geliebten
die Freiheit wiedergäbe, so dürften Sie ohne
Erröthen ihm Ihre Hand reichen.

Afan. Sie haben in meine Seele gesprochen.

Benj. Glücklicher Stepanoff!

Afan.

Afan. Würklich lieber Graf? würden Sie den für glücklich halten — den ich liebe?

Benj. Wenn er ein fühlendes Herz besizt —

Afan. (lehnt sich schüchtern an Ihn, und verbirgt ihr Gesicht an seiner Schulter.) Besitzen Sie das?

Benj. (bewegt.) Afanasja!

Afan. Ja oder Nein?

Benj. Liebenswürdige Unschuld!

Afan. Ja oder Nein?

Benj. (drückt sie unwillkührlich an seine Brust.)

Afan. Ich fliege zu meinem Vater! (sie eilt fort.)

Benj. Afanasja! wohin? — Gott was war das! der Unschuld Götterreiz übetraschte mich! (sich vor die Stirn schlagend.) Aemilie! meine Gattin!

Hettm. (kommt.) Da ist er ja, wie gerufen.

Benj. (betreten.) Hat man nach mir gefragt?

Hettm. Gefragt — Gesucht —.

Benj. Wer?

Hettm. Ich, weil ich reden muß. Wovon? von wichtigen Dingen.

Benj. Ein andermal. Ich kam hieher wegen dringender Geschäfte. (er will fort.)

Hettm

Hettm. Halt! Nicht von der Stelle! An dieser Minute hängt vielleicht das Schicksal von Jahrhunderten.

Benj. (bey Seite.) Unerträglicher Dummkopf! — (laut.) Was ist zu Ihrem Befehl?

Hettm. (geheimnißvoll lächelnd.) Eine Kleinigkeit. (nach einer feyerlichen Pause.) Die halbe Welt!

Benj. Die halbe Welt? (bey Seite.) Der ist auch verrückt.

Hettm. Sie stutzen? ha! ha! ha! hier ist ein Kopf, und in diesem Kopfe gehen wunderliche Dinge vor.

Benj. Das höre ich.

Hettm. Wer hat Kamtschatka erobert? ein Kosak. Wer ist Hettmann der Kosaken? ich.

Benj. Das weiß ich, aber —

Hettm. Stille! nicht geplaudert! versprich mir das tiefste Schweigen über alles was ich dir so eben anvertraut habe.

Benj. (lächelnd.) Herzlich gern.

Hettm. Ich habe ein Plänchen — wenn ich sage ein Plänchen, so verstehe ich darunter einen großen Plan. Kurz und gut — (ihn ge-

heimniß-

heimnißvoll auf die Seite ziehend.) ich will eine Ko-
lonie auf den aleutischen Inseln stiften.

Benj. Ey!

Hettm. Du sollst mir den Entwurf ein wenig ins Reine bringen.

Benj. So?

Hettm. Wenn ich sage: ins Reine, so
verstehe ich darunter die Feder; denn was den
Säbel betrift, da braucht der Kosak keine Hülfe.
Du sollst den Gouverneur überreden, daß er es
der Monarchin vorstellt.

Benj. Weiter.

Hettm. Merkst du nicht? Ich mache Euch
alle glücklich, du frey, der Gouverneur von
hier nach Ochozk versezt; du Gouverneur von
Kamtschatka; ich Regent der aleutischen Inseln,
und — ehe Ihr es Euch verseht — Eroberer
von Kalifornien.

Benj. Bravo! der Plan ist unverbesserlich.

Hettm. Nicht wahr? (mit gravitätischem Ernste)
Ich wünsche Ihnen Glück Herr Gouverneur
von Kamtschatka.

Benj. (eben so.) Ich danke Ewr. Kalifor-
nischen Majestät, doch würde es mir lieber

F   seyn,

seyn, wenn Sie geruhten, mich zu Dero Minister und Feldherrn zu ernennen.

Hettm. Auch das lieber Graf, es sey Ihnen gewährt —

Benj. Ich bin ganz gerührt —

Hettm. Ich auch. Ich bin so gerührt,
daß ich lachen muß, wenn ich Sie im Geist an
der Spitze meiner Truppen sehe. Wohlan,
ein Bündniß zu Schutz und Trutz. (Er reicht
ihm die Hand.)

Benj. (schlägt ein.) Es sey. (bey Seite.) Trage
den Narren, wenn er dir nutzen soll.

Gouv. (kommt.) Willkommen Graf Benjowsky! wo ist meine Tochter?

Benj. Sie war eben hier.

Gouv. Feodora sagte mir, sie suche mich.

Hettm. (wichtig.) Wir haben unterdessen
ein Königreich gefunden. Ha! ha! ha!

Benj. Ehe wir Besitz davon nehmen, bin
ich gekommen, um Gerechtigkeit zu bitten.

Gouv. Wie so?

Benj. Ein toller Mensch, Tschulosnikoff,
hat mich in meiner Hütte überfallen, und durch
die

die gröbsten Schmähungen so lange gereizt, bis
ich ihn aus der Thür warf.

Gouv. Die Veranlassung?

Benj. Zu Errichtung eines Schulgebäudes
ließ ich sein Schiffsvolk miethen, der Thor
spricht, ich wolle die Leute aufwiegeln, und eine
Meuterey anspinnen.

Gouv. So dumm als boshaft.

Hettm. Man muß dem Schurken die Katze
geben.

Gouv. Ich werde ihn rufen lassen.

Benj. Man beneidet mir das Geschenk Ihres Zutrauens, darum verfolgen mich Haß und
Meuchelmord.

Gouv. Meuchelmord?

Benj. Hier ist der Beweiß. (Er zieht den Zucker hervor.) Unter der Larve der Freundschaft
sandte mir der Kaufmann Kasarinoff vergifteten
Zucker. Ein Hund, der davon fraß, starb
auf der Stelle.

Gouv. Ists möglich! Geben Sie her. (er
nimmt den Zucker.)

Hettm. Die Knute für den Schurken.

Gouv. (klingelt.)

Ordon-

Ordonnanz. (tritt herein.)

Gouv. Man lasse sogleich Tschulosnikoff und Kasarinoff rufen.

Ordonn. Tschulosnikoff ist bereits im Vorzimmer und bittet um Gehör.

Gouv. Er soll kommen.

Ordonn. (öffnet die Thür und winkt Tschulosni koff herbey.)

Tschul. (im Hereintreten.) Herr Gouverneur, ich komme —

Gouv. Mit frecher Stirn wie ich sehe.

Hettm. Du bist ein Taugenichts.

Tschul. Ich klage diesen Fremdling des Hochverraths an.

Hettm. Was? meinen Minister?

Gouv. Wagst du Bösewicht einen Mann zu verleumden, der selbst in Fesseln mehr für die Krone that, als hundert freye Schurken deines gleichen?

Tschul. Ich habe Beweise —

Gouv. Schweig! Ihr habt keinen Sinn für alles Große und Gute. Ihr klebt an eurer Dummheit wie Käfer an ihrem Miste. Ich kenne diesen Mann, ich weiß um Alles was er thut,

thut, und wo sich Einer untersteht ihm Hindernisse in den Weg zu legen, den hat die Sonne zum leztenmale beschienen.

Tschul. Er stiftet Aufruhr —

Gouv. Fort! ich will nichts weiter hören, Dank seyd Ihr schuldig und Verläumdung zahlt Ihr. Er will Eure Kinder zu Menschen bilden, das ist dem Vieh nicht recht.

Tschul. Aber mein Steuermann —

Gouv. Schweig und packe dich!

Tschul. Er hat mich gemißhandelt —

Hettm. Dir ist recht geschehen.

Tschul. Aber mein Gott —

Gouv. (klingelt.)

Ordonn. (tritt ein.)

Gouv. He da! werft den Kerl in die Wache.

Tschul. Schon gut ich gehe. Euch wird die Reue, und dich die Rache bald genug treffen. (Er geht wüthend fort.)

Benj. Er droht noch.

Gouv. Lächerlich.

Hettm. Vierzig Hiebe mit der Katze werden ihm den Kitzel vertreiben.

Gouv.

Gouv. Ruhig lieber Graf. Ich verspreche Ihnen Genugthuung und Sicherheit. Verläumdung kann ein gutes Gewissen nur verhüllen wie schwarzer Flor einen schönen Busen. Er schimmert durch. Ich kenne jene Halbmenschen; ich kenne auch Sie. Ehre und Leben würde ich Ihnen anvertrauen.

Hettm. Und Californien oben drein.

Benj. (bey Seite, mit der Hand auf der Brust.) Auf diese Anklage war ich nicht vorbereitet.

Ordonn. Der Kaufmann Kasarinoff.

Gouv. Er soll kommen.

Ordonn. (öffnet die Thür.)

Kasar. (tritt herein.) Ew. Excellenz haben befohlen —

Gouv. (herausrufend.) Man bringe uns Thee. — Nur näher mein lieber Kasarinoff. Ich höre, du bist fleißig und betriebsam. Dein Handel ist ausgebreitet; du verdienst Aufmunterung.

Kasar. Die Gnade —

Gouv. Soll nur Gerechtigkeit werden. Ein großer Kaufmann ist ein großer Mann. Der Monarch überblickt seinen Staat; der Kaufmann

mann die Welt. Mit der Rechten berührt er
Aſien und mit der Linken Amerika. Durch einen
Federſtrich knüpft er Welttheile an einander,
läßt Citronen auf Kamtſchatka wachſen, und
findet Goldgruben, in einer Steppe. Ehre
dem Ehre gebührt. Setze dich her zu mir,
mein lieber Kaſarinoff, wir wollen eine Taſſe
Thee zuſammen trinken, und von Geſchäften
ſchwatzen. (Er ſchenkt ſelbſt ein.) Dieſer Thee
— ich habe ihn aus Irkuzk bekommen, es iſt
Karavanen = Thee. Du verſtehſt dich darauf?
er iſt gut. Ich muß dankbar bekennen, man
überhäuft mich mit Geſchenken. (Er wirft Zucker
in Kaſarinoffs Taſſe.) Dieſer Zucker zum Bei=
ſpiel, iſt er nicht fein und weiß? ein Geſchenk
von Graf Benjowsky. (Er wirft noch ein Stück
hinein.) Du handelſt ja auch mit Zucker, ver=
ſuche doch einmal.

Kaſar. (verwirrt und ängſtlich.) Ew. Excel=
lenz, es iſt nicht die Stunde in welcher ich Thee
zu trinken pflege —

Gouv. Trinke, ich bitte dich, trinke.

Kaſar. Ich bin überhapt kein Liebhaber von
Thee.

Gouv.

Gouv. Wenn auch, mir zu Gefallen.

Kasar. Er macht mir Hitze, Beklemmung. —

Gouv. Eine Tasse nur.

Kasar. Ich muß bitten mich zu verschonen. —

Gouv. (ernst.) Trinke Freund Kasarinoff! oder meynst du der Thee sey vergiftet.

Kasar. Bewahre Gott! —

Gouv. So trinke, ich befehle es dir!

Kasar. (nimmt zitternd die Tasse.) Ich habe einen solchen Widerwillen gegen Thee —

Gouv. Wir wollen mehr Zucker hinein legen, so wird er dir nicht schaden. (Er wirft noch ein Stück Zucker in die Tasse.)

Kasar. (zitternd.) Ich! — ach! — (er läßt die Tasse fallen.)

Gouv. (springt auf.) Ha Giftmischer!

Kasar. (auf den Knien.) Gnade!

Hettm. Knute!

Gouv. So ist es doch wahr, das mörderische Bubenstück? — Graf Benjowsky, sprechen Sie sein Urtheil, in dieser Stunde noch soll es vollzogen werden.

Kasar. Gnade!

Hettm. Knute!

Benj.

Benj. Sie überlassen mir die Strafe dieses
Menschen?

Gouv. Ganz Ihnen.

Benj. Ich habe Ihr Wort, daß mein
Ausspruch sein Schicksal bestimmen soll?

Gouv. Mein Wort darauf.

Benj. Wohlan, ich verzeihe ihm.

Gouv. Wie?

Hettm. Was?

Käsar. (seine Knie umfassend.) Gott! welch
ein Mann! (mit erstickter Stimme.) Ich habe
— nicht Worte — mögte diese Thräne meine
Schuld vertilgen —

Benj. Steh auf, geh, und sey mein
Freund.

Gouv. Nein Graf, das darf ich nicht zu-
lassen.

Benj. Ich habe Ihr Wort.

Gouv. Ihre That ist edel, aber —

Benj. Ist sie edel, desto besser: so bürge
Ihr Herz für Ihr Wort.

Gouv. (umarmt ihn gerührt.) Ich habe Sie
hochgeschätzt, nun bewundere ich Sie. (zu Käsär:

F 5   auf.)

voll.) Geh und mache dich seiner Verzeihung
würdig.

Basar. (schluchzend.) Ich kann nicht reden
— ich will meine Kleinen hohlen — die sollen
ihm danken.   (er geht.)

Hettm. (wider Willen bewegt, reicht Benjowsly
die Hand.) Freund, du hast großmüthig gehan-
delt wie ein Kosak.   Ich ernenne dich zum Cri-
minal-Richter zu Kalifornien.

Afan. (fliegt herein, und schlingt ihre Arme um
ihren Vater.) Mein Vater!

Gouv. Was giebts?

Afan. Endlich finde ich Sie.

Gouv. Was fehlt dir?

Afan. Ihre Einwilligung.

Gouv. Wozu?

Afan. Zu meinem Glücke.

Gouv. Ist dein Glück nicht mein Wunsch?
Rede.

Afan. Ich liebe.

Gouv. Du liebst?

Benj. (sehr verlegen.) Ich will mich entfer-
nen —

Afan.

Afan. Bleiben Sie Graf Benjowsky, ich habe mich meiner Liebe nicht zu schämen.

Gouv. Ich erstaune! so plözlich —

Hettm. Ich habe nichts davon gemerkt.

Afan. (geht auf Benjowsky zu, ergreift seine Hand, und wendet sich zu ihrem Vater.) Ihren Segen mein Vater!

Gouv. Wie? du liebst den Grafen?

Afan. Wen könnte ich sonst lieben?

Hettm. (empfindlich.) Nun, nun —

Gouv. Bedenkst du aber auch —

Afan. Ich bedenke alles; Seinen Edelmuth, Ihre Güte, die lezten Stunden meiner Mutter! Soll ich ihre lezten Worte Ihnen wiederhohlen? — ja es war in diesem Zimmer, in diesem nemlichen Zimmer starb sie. Auf dieser Stelle stand ihr Bette, hier saßen Sie zu ihrem Haupte, und hier kniete ich zu ihren Füßen. Sie weinten, ich schluchzte, meine Mutter röchelte. Im lezten Todeskampf richtete sie sich noch einmal auf, drückte Ihre Hand, und sprach gebrochen: gieb meiner Afanasja einen Mann nach ihrem Herzen! — Hier steht er

— mein

— mein Vater! geben Sie ihrer Afanaſia dieſen Mann nach ihrem Herzen! —

Gouv. Kind, du überraſcheſt mich —

Afan. (Benjowsky nach ſich ziehend.) Hier auf dieſer Stelle, wo meine Mutter ſtarb, hier flehen wir um Ihren Segen!

Gouv. Wenn der Graf einſt frey wird. —

Afan. Iſt er nicht frey ſobald Sie wollen? — Geiſt meiner Mutter! ſchwebe hernieder! ſchmiege dich freundlich an meinen Vater, daß er deinen lezten Wunſch erfülle!

Hettm. Ich dächte Gevatter, Ihr könntet ohne Gefahr —

Afan. Gefahr? iſt Tugend belohnen gefährlich?

Hettm. Die Ukaſe Peter des Erſten paßt auf manche Fälle.

Afan. Segen über Peters Aſche um dieſe Ukaſe willen!

Hettm. Das gerettete Schiff auf der Fahrt von Ochozk —

Afan. O ja, ſchon das allein —

Hettm. Die Einführung des Kornbaues auf Lopatka —

Afan.

Afan. Recht Iwan Fedrowitsch! O Ihr seyd liebenswürdig!

Hettm. Ja, ja, die Kosaken sind immer liebenswürdig — Wenn wir ihm nun ferner die Zukunft mit in Rechnung bringen, die aleutischen Inseln, Kalifornien —

Afan. Sie sagen kein Wort lieber Graf?

Benj. Was darf ich sagen? mich martert der Gedanke, Ihr guter Vater könne glauben, ich habe Sie zu diesem Schritt verleitet.

Afan. Nein, das thaten Sie nicht. Nein, mein Vater, das that er nicht. Er hat mein krankes Herz mit seiner Vernunft gequält; er war so lieblos vernünftig — so herzlos edel — mein Vater! Sie sind unentschlossen? Hier knie ich, wo ich einst am Todesbette meiner Mutter kniete, hier, wo sie ihren lezten Segen über mich aussprach, hier muß dieser Segen in Erfüllung gehen, jezt oder nie!

Gouv. Steh auf Afanasja! Es sey! mein grauer Kopf gehorcht dem Herzen. Ich wage etwas für dich und ihn; doch Ihr seyd es werth. — Herr Graf, ich spreche Sie frey. Der Kanzler soll nach vorgeschriebener Form die Urkunde

kunde ausfertigen. — (ihn in seine Arme schließend.)
Ich umarme meinen Sohn.

Benj. Gott! ists möglich!

Afan. (ihres Vaters Hand küssend.) O mein
guter Vater! Freude! Freude! Dank und Freude. Wie ist mir! so weinerlich, so beklommen
— ich muß Euch küssen lieber Hettmann. Benjowsky ist frey! er ist frey und mein! Wo ist
Feodora! das ganze Haus soll meine Freude
theilen! das ganze Schloß! die ganze Stadt!
(sie drückt Benjowsky einen vollen Beutel in die Hand.)
Dieß für die armen Gefangenen. — Er ist
frey und mein! (sie stürzt hinaus.)

Benj. (sehr bewegt.) Herr Gouverneur —

Gouv. Warum nicht Vater?

Benj. Wenn ich jezt noch stumm die —

Gouv. Ich verstehe Sie.

Hettm. Was stumm! die Fische sind stumm,
weil sie Wasser trinken. Wir müssen ein Paar
Flaschen leeren, dann werden die Zungen sich
wohl lösen.

Gouv. Ganz recht Iwan Febrowitsch, der
Wein gesellt sich zu der Freude, wie der Thau
zu einem schönen Morgen. Kommt.

Benj.

Benj. Freud und Leid in Uebermaß sind einander nah verwandt; beyde geben Thränen statt der Worte; beyde begehren Einsamkeit. Ich muß auf wenig Augenblicke mich beurlauben.

(Er entfernt sich schnell.)

Hettm. Seltsamer Mensch! wenn ich froh bin so muß ich trinken.

Gouv. Laßt ihn; die Freude ist ja keine Medaille auf dem Boden eines silbernen Bechers.

Hettm. Glas oder Becher, gleich viel. Wenn ich sage: die Freude; so verstehe ich darunter den Durst. Bey meinem Säbel! ich durste wie ein Jagdhund in der Steppe.

Gouv. Wohlan, auf des jungen Paares Wohlergehen! Kommt.

Ordonn. (tritt herein.) Tschulosnikoff ist der Wache entsprungen.

Gouv. Entsprungen? der Thor! Ganz Kamtschatka ist ein Gefängniß.

Hettm. Die Knute wird ihn schon einholen.

Gouv. (zu der Ordonnanz.) Bringt uns eine Flasche Wein.

Hettm. Eine Flasche? wo denkt Ihr hin? bring vier. Wenn auf Asanasia's Hochzeit die

die See in Wein verwandelt wird, so trinkt ein
frölicher Kosat sie aus.

(Alle ab.)

(Die Bühne verwandelt sich in einen freyen Platz unter
dem Fenster des Schlosses. Man sieht einen Balkon,
und unter dem Balkon eine steinerne Bank. Es wird
Abend. **Tschulosnikoff** und sein Neffe **Grigori**
treten auf.)

Tschul. Hier muß er vorbey.

Grig. Lieber Oheim, was habt Ihr vor?

Tschul. Gieb mir dein Messer.

Grig. Was wollt Ihr thun?

Tschul. Mich rächen, und dann sterben.

Grig. Rächen? an wem?

Tschul. An Benjowsky.

Grig. Was that er Euch?

Tschul. Ich werde rasend, wenn ich es noch
Unmal erzählen muß.

Grig. Aber bedenkt was Ihr wagt.

Tschul. Nichts wage ich. Ihn schicke ich
voran, so finde ich dort einen Knecht.

Grig. Ihn ermorden?

Tschul. Gieb mir dein Messer.

Grig. Nun da.

Tschul. Ist es scharf? ja! gut.

Grig. Aber um Gotteswillen.

Tschul. Bete in der Kirche, und geh zum Teufel! ich brauche dich nicht.

Grig. Ich verlasse euch nicht.

Tschul. So bleib und absolvire den Hund, wenn er stirbt.

Grig. Es wird dunkel.

Tschul. Desto besser.

Grig. Ich stieß vorhin auf sechs Mann von der Wache, die euch suchten.

Tschul. Laß sie suchen, ha! ha! ha! sie sollen mich finden, doch nicht eher bis dieses Messer den Weg zu seinem Herzen fand.

Grig. Benjowsky, hört ich eben, ist frey gesprochen.

Tschul. Ist er? Ha! ha! ha!

Grig. Er wird des Gouverneurs Tochter heyrathen.

Tschul. Wird er? Ha! ha! ha!

Grig. Die Verlobung ist vielleicht in dieser Stunde, und ihr wartet vergebens.

G   Tschul.

Tſchul. So will ich warten, bis die Sonne zu einer Kohle ausbrennt. — St! ich höre kommen. Drücke dich dort an die Mauer.

Grig. Lieber Oheim —

Tſchul. Fort! oder ich jage dir ſelbſt das Meſſer durch den Leib! (Sie theilen ſich.)

Benj. (in tiefen Gedanken über die Bühne gehend.) Afanaſja! — Aemilie! —

Tſchul. (herausſpringend.) Er iſts! der Ver= räther! ſtirb! (ſtürzt ſich auf Benjowſky.)

Benj. (der bey deſſen erſten Worten ſich raſch umdreht, und ihm in den Arm fällt. Sie ringen, er ruft.) Hülfe! Mörder!

Tſchul. (ſchreyt.) Herbey Grigori, mir zu Hülfe!

Grig. (packt Benjowſky von hinten.)

Kaſar. (in dem Augenblicke erſcheint er mit zwey Kindern an der Hand, von welchen er ſich losreißt, Tſchulosnikoff zu Boden ſchleudert, und ihn entwaffnet.)

Benj. (bemeiſtert ſich indeſſen des Jünglings, und hält ihn feſt.

Tſchul. (Verwirrtes Rufen und Fluchen.)

Feodora. (erſcheint auf dem Balkon, miſcht ihr Gekreiſch mit dem Geſchrey der Kämpfenden, dem Wei= nen der Kinder, und läuft zurück.

Corporal. (mit Wache erscheint.) He, da! Ruhe! was giebts hier? — Aha! Tschulosnikoff? finden wir dich wieder?

Kasar. Er wollte den Grafen ermorden.

Benj. (Grigori loslassend.) Lauf junger Mensch, ich will dein Unglück nicht.

Grig. (entspringt.)

Corp. Warst du noch nicht reif zur Knute? fort mit dir!

Tschul. Teufel! (er spuckt gegen Benjowsky aus.) Gott verdamme dich! (ab mit der Wache.)

Benj. (umarmt seinen Retter.) Kasarinoff!

Kasar. Geh und sey mein Freund! sagtet Ihr zu mir. Ihr seht, ich bin es geworden.

Benj. Du hast deine Schuld redlich bezahlt.

Kasar. Da sind meine Kleinen, die sollten Eure Knie umfassen, und stammeln. Aber besser ist besser. Wem das Schicksal wohl will, dem giebt es Gelegenheit dankbar zu seyn.

Benj. Freund Kasarinoff! — Dieser Titel ist bey mir nicht Scheidemünze, mit der man jedem Tagelöhner seine Arbeit lohnt — leb wohl!

Kasar

Kaſar. Es wird Nacht, Ihr ſeyd allein, ich will Euch begleiten.

Benj. Bis an den Fluß, wenn du willſt.

Kaſar. Bis in den Tod.

(Sie gehen Arm in Arm, die Kinder folgen.)

Hettm. (kömmt von der andern Seite ziemlich betrunken.) He! he! — Schach und matt! — wer lärmt hier? (er ſieht ſich überall um,) Niemand? — Niemand lärmt hier. — Wenn ich ſage: Niemand, ſo verſtehe ich darunter eine Menge Menſchen, die aber alle ſchon weggelaufen ſind — was will denn Feodora? — warum ſchreit ſie? — warum ſtört ſie mich im Trinken? — Noch fünf Gläſer aus der Flaſche — und noch fünf Züge auf dem Brete — ſo waren wir beyde Schach und matt! ha! ha! ha! — (Er ſinkt auf die ſteinerne Bank.) So. Hier ſitzt es ſich recht kühl. Wenn ich ſage kühl; ſo verſtehe ich darunter — kalt. — Wie? — der König von Kalifornien iſt Schach und Matt! ha! ha! ha! (Er brummt noch ein wenig in den Bart.)

Zwölm

Kudrin (tritt auf mit der Balalaika unter dem Arm. Er sieht sich überall schüchtern um.) Endlich ist es hier still geworden, und finster wie im Grabe. Die Sternlein haben sich schlafen gelegt, und mit Schneewolken zugedeckt (gegen den Balkon.) St! St! Teodora! — noch ist sie nicht auf dem Balkon. Vielleicht schon gewesen? — Wir wollen das Vöglein locken. (Er stimmt die Balalaika.) Aber meine Finger sind verkrummt. (Er haucht in die Hände.) So, so, es wird schon gehen. Der Hauch eines Verliebten schmilzt Eisschollen, und macht Diamanten flüßig. (Er räuspert sich, spielt und singt, nach der bekannten Melodie der Romanze, in der Russischen Oper Melnik.)

Komm, fein Liebgen, komm ans Fenster!
Alles still und stumm.
Die Verliebten und Gespenster,
Wandeln schon herum.

Dein getreuer Buhle harret,
Komm in seinen Arm!
Seine Finger sind erstarret,
Doch sein Herz ist warm.

Zwar

Zwar die Sternlein sich verdunkeln,
Luna leuchtet nicht,
Doch wo Liebgens Aeuglein funkeln.
Da ist helles Licht.

Drum, fein Liebgen, komm ans Fenster!
Alles still und stumm,
Die Verliebten und Gespenster,
Wandeln schon herum.

Feodo. (ist während der lezten Strophe auf den Balkon getreten) St!

Kudr. St!

Feodo. Bist du da?

Kudr. Schon lange.

Feodo. Lieber Kudrin, hier im Hause ist große Freude.

Kudr. Desto besser.

Feodo. Mein Fräulein heyrathet.

Kudr. Wen?

Feodo. Den Grafen Benjowsky.

Kudr. Benjowsky?

Feodo. Nun blühen auch unsre Rosen.

Kudr. Also flüchten wir alle zusammen übers Meer?

Feodo.

Feodo. Narr! hier ist nicht vom Flüchten die Rede.

Rudr. Wovon denn?

Feodo. Vom Heyrathen.

Rudr. Du weißt also nicht? — und dein Fräulein weiß auch nicht?

Feodo. Was wissen wir nicht?

Rudr. Und doch heyrathen? das ist kurios.

Feodo. Rede.

Rudr. Ja wenn ich dürfte.

Feodo. Warum darfst du nicht?

Rudr. Ich habe einen gräßlichen Eyd geschworen.

Feodo. Worauf? Weswegen?

Rudr. Wegen — kannst du schweigen?

Feodo. Wie die Nacht.

Rudr. Höre nur liebe Feodora, ich kam eigentlich hieher um dich zu überreden —

Feodo. Wozu?

Rudr. Mich auf unserer Flucht zu begleiten.

Feodo. Auf welcher Flucht?

Rudr. Wenn du mich verräthst so sind wir Alle des Todes.

Feodo.

Feodo. Narr! Liebe und Verrätherey wohnen nicht unter einem Dache.

Kudr. Wir sind unserer Viele, sehr Viele; Freye und Verwiesene; Graf Benjowsky ist an unserer Spitze, wir haben ein Schiff, wir fliehen, Gott weiß wohin, in ein herrliches Land —

Feodo. Träumst du? oder hast du das Gehirn erfroren?

Kudr. Keins von beyden, Alles wahr, Alles reif; und bald, bald — Gehst du mit mir liebe Feodorn?

Feodo. Aber mein Fräulein —

Kudr. Nun, wenn der Graf sie heyrathet, so wird er sie wohl auch mitnehmen.

Feodo. Unbegreiflich!

Kudr. Was schadet das? macht euch nur fertig, packt eure Sachen zusammen. Juchhey! wir segeln durch die Welt!

Feodo. Aber der Gouverneur —

Kudr. Der mag mit dem alten Narren, unserm Hettmann Schach spielen.

Hettm. (springt auf und packt Kudrin bey der Brust.) He da! Bursche!

Feodo. (kreischt und lauft fort.)

Kudr.

Kudr. (ſinkt zitternd in die Knie.) Barmherzigkeit! wir ſind verloren!

Hettm. (ihn feſthaltend.) Schurke! was ſprachſt du da?

Kudr. Ach! ich bin beſoffen, ich weiß nicht was ich rede.

Hettm. Verrätherey? Benjowsky? mein kaliforniſcher Miniſter?

Kudr. Ich war unter Kamtſchadalen, die haben mir Muchomor zu trinken gegeben — mein Kopf iſt ganz verwirrt.

Hettm. Fort auf die Wache! (Er will ihn fortſchleppen.)

Kudr. Laßt mich! ich bitte Euch! nur bis Morgen.

Hettm. Fort Schurke!

Kudr. (verſezt dem Hettmann einen Stoß, daß er taumelt.) Geht zum Teufel! (Er entſpringt.)

Hettm. Was? mir das! mir? ſeinem Hettmann! he da Wache! Verrätherey! Schiffe! Liebeshändel! Flucht! Verſchwörung!

(Er taumelt fort.)

Ende des dritten Akts.

G 5　　　Vierter

Vierter Akt.

(Crustiew, Baturin und ein Haufen Ver-
schworner in Crustiews Zimmer. Sie stehen
theils in Gruppen, theils gehen sie unruhig auf
und nieder.)

Erster Verschw. Er kömmt noch nicht.

Zweyter Verschw. Es ist schon dunkel.

Crust. Seyd unbesorgt, er kömmt gewiß.

Dritter Verschw. Tschulosnikoff ist verwegen.

Crust. Benjowsky kühn.

Erster Verschw. Der Gouverneur streng.

Crust. Aber nicht mißtrauisch.

Zweyter Verschw. Er wird es werden.

Crust. Wenn auch, die Stunde der Erlösung ist nicht mehr fern.

Erster Verschw. Ich habe zehn Jahr darnach geschmachtet.

Zweyter Verschw. Ich sieben Jahr.

Dritter Verschw. Ich siebenzehn.

Crust. Ich zwey und zwanzig. Denkt Euch
Brüder den süßen Augenblick, wenn wir die
Küsten eines freyen Landes betreten, wo kein
Schnee

Schnee uns hindert den Boden zu küssen, und die fruchtbare Erde unsere Freudenthränen einsaugt. Heil! Heil unserm Retter!

Alle. Heil ihm!

Step. (stürzt herein.) Wir sind verloren!

Alle. Was giebts?

Step. Verrathen!

Alle. Verrathen?

Step. Euer Held Benjowsky hat sich die Freiheit erschlichen.

Alle. Wie das? rede! erzähle!

Step. Der Gouverneur giebt ihm seine Tochter zum Weibe.

1. 2. 3ter Verschw. Nun?

Step. Nun? Strohköpfe! folglich hat er uns verrathen.

Crust. Das Folglich ist mir noch nicht klar.

Step. Nicht? warum ist er frey? es muß immer etwas Großes seyn, ein Verdienst um den Staat, und welches andere wäre wohl in seiner Gewalt, als das Verdienst der Verrätherey? — Schwatzen kann er; mit seiner Zunge hat er uns gefangen, wie ein Specht die Bienen. Zuerst hat er den Alten bethört,

(auf Cruſtiew zeigend.) und der Alte hat uns be-
thört. Mit Ruſſenblut bezahlt er ſeine Freiheit,
beſprützt er ſein Ehebett! Heute ſieht er uns zum
Richtplatz führen, und morgen feyert er ſein
Hochzeitfeſt. Ha! Rache! Rache über den
Verräther!

Alle. Rache! Rache!

Step. Sterben müſſen wir, doch zuvor
Benjowsky.

Alle. Er muß ſterben!

Cruſt. Nicht ſo raſch meine Brüder!

Step. Welche Rache ſchwuren wir dem
Meineid? ſprecht!

Alle. Den Tod! den Tod!

Cruſt. Sterben muß er, wenn er ſchuldig
iſt. Ich ſelbſt, ich alter Mann, will meine
lezte Kraft zuſammen raffen, das Mordgewehr
in ſeine Bruſt zu ſtoßen. Doch hören müßt
ihr ihn! Hat dieſer Mann geheuchelt, hat die-
ſes Auge Biederſinn gelogen; ſo fahre wohl
mein Glaube an Redlichkeit und Treue! Ich
halte ihn für ſchuldlos — Hören müßt ihr ihn!

Step. So rede, alter Schwätzer! verthei-
dige ihn.

Cruſt.

Crust. Nicht ich, er selbst muß reden, ihn müßt ihr hören.

Step. Ihn selbst? meynst du Thor, er werde wagen, noch einmal unter uns zu erscheinen?

Benj. (tritt herein.)

Crust. Da ist er.

Step. Ha! (den Säbel ziehend.) Nieder mit ihm!

Alle. (ziehen die Säbel.) Stoßt den Verräther nieder!

Crust. (wirft sich über Benjowsky.) So fahre Euer Schwerdt zuerst durch meine Brust. Zurück Brüder! er ist in Eurer Gewalt, Ihr müßt ihn hören! Zurück! er kann Euch nicht entwischen.

Batt. Crustiew hat Recht, besezt die Thür.

Benj. Laß mich Crustiew. Was wollt ihr?

Step. Dein Blut.

Benj. Hab' ich es Eurer Freiheit nicht gewidmet? bin ich nicht ein Glied Eures Körpers?

Step. Ein Giftgeschwür. Verantworte dich!

Benj.

Benj. Worauf?

Step. Bist du frey?

Benj. Ja!

Step. Will der Gouverneur dir seine Tochter zum Weibe geben.

Benj. Ja!

Step. Nun Brüder? hab' ich gelogen, was
bedarf es weiter Zeugniß? Rache! Rache!

Alle. (schwingen die Säbel.) Rache! Rache!

Crust. Halt! — du siehst Benjowsky,
wir begreifen dich nicht, löse uns das Räthsel.

Benj. Ich errathe Euch. Würde ich wohl
so ruhig hier erscheinen, wenn ich wäre, wozu
dieser Bösewicht mich machen will? Seht mir
ins Gesicht. Schwimmt Verrätherey in meinen Blicken, lest Ihr Gewissensangst in meinen
Zügen?

Step. Armseliges Geschwätz.

Benj. Armseliger Schwätzer! — Hört
mich Brüder und richtet dann. Ich ging zum
Gouverneur. Ihr wißt warum. Seine Tochter liebt mich. Er liebt seine Tochter. Sehr
natürlich, daß sie um meine Freiheit bat; sehr
natürlich, daß der Vater sie bewilligte. Sie
umarmt

umarmte mich als seinen Eidam. Was sollt'
ich thun? diese Ehre ausschlagen? warum? ich
hätte Gründe geben müssen! und welche? War
Verstellung hier nicht Nothwehr? Kann meine
Freiheit Euch nicht doppelt nutzen?

Step. Du lügst!

Benj. Ich verachte dich! — Brüder, ich
stehe mitten unter Euch ohne Wehr und Waffen. Hab' ich Euch verrathen, so muß ja
wohl in wenig Augenblicken die Wache unser
Dorf umzingeln. Dann stoßt mich nieder.

Crust. Er ist unschuldig.

Alle. Er ist's. (Sie stecken ihre Schwerter
wieder ein.)

Step. (wüthend.) Wirst du verlarvter Bösewicht denn immer triumphiren? Nimm ein
Schwerdt! Ich fodre dich zum Zweikampf. Gott
sey Richter zwischen mir und dir. Ist dein
Gewissen rein, so tritt hervor!

Benj. Gebt mir ein Schwerdt.

Crust. Mit nichten! wir dulden es nicht.
Dein Leben ist uns theuer. Stepanoff wird
von der Eifersucht gepeitscht.

Step. Benjowsky ist ein Zungenheld.

Benj.

Benj. (hitzig.) Gebt mir ein Schwerdt!

Batu. (tritt zwischen sie.) Halt! — ich schweige nicht länger. (auf Stepanoff zeigend.) Dieser hier ist der Verräther.

Step. (erschrickt.)

Alle. Was? was ist das?

Batu. (zu Stepanoff.) Sieh mir steif ins Auge.

Step. (verwirrt.) Was willst du von mir?

Batu. Seht wie die glühende Wange bekennt. Sein Blut ist aufrichtiger als seine Zunge. Was ich von dir will? Sagen will ich, was du von mir wolltest.

Alle. Rede! Rede!

Batu. Vor wenig Stunden Bruder —

Step. Glaubt ihm nicht, er lügt.

Batu. Kam er wüthig in meine Hütte —

Step. Narr, ich war betrunken.

Batu. Fluchte auf Benjowsky.

Step. Männer fluchen, alte Weiber beten.

Batu. Schrieb einen verrätherischen Brief.

Step. (spöttisch.) Hast du ihn gelesen?

Batu. Ich weiß den Inhalt aus deinem Munde —

Step.

Step. Narr, ich hielt dich nur zum Beſten.

Batu. Ich ſollte den Brief beſtellen —

Step. Du haſt geträumt.

Batu. Er war ſchwanger mit Benjowsky's Tode und Eurem Untergang.

Alle. Weiter! weiter!

Batu. Ich weigerte mich; er bat und drohte um die Wette. Endlich warf er mir ein Gold- ſtück auf den Tiſch, damit ich ſchweigen ſollte.

Step. Iſt das Mährchen bald am Ende?

Batu. So ſtürzte er fort, ich hab' ihn nicht wieder geſehn.

Alle. Verräther! Böſewicht!

Step. Er hat gelogen.

1. 2. 3ter Verſchw. (die Säbel ziehend.) Stoßt ihn nieder!

Benj. Halt! entwaffnet, bindet ihn, aber auch ihn müßt Ihr hören.

1. 2. 3ter Verſchw. (nehmen Stepanoff ſein Schwerdt und binden ihm die Hände.)

Step. (ſträubt ſich vergebens.)

Alle. Der Brief! wo iſt der Brief!

Benj. Stepanoff, du hörſt die Frage deiner Bundesbrüder, antworte.

H   Step.

Step. (Mürrisch.) Ich weiß von keinem
Briefe.

Benj. Bekenne oder zittre!

Step. (mit einem Blick von Verachtung.) Zittern, vor dir?

1. 2. 3ter Verschw. Haut ihn nieder!

Benj. Zurück! führt ihn fort! bewacht ihn
im Nebenzimmer.

Step. (knirschend, indem er seiner Wache folgt.)
Kommt denn kein Teufel aus der Hölle mir zu
Hülfe!

Benj. Gelassen meine Brüder! Ein Mord
ist schnell vollbracht, und Jahre büßen oft den
raschen Augenblick. Ist gleich Baturins Zeugniß ehrlich, so mangelt Euch doch Stepanoffs
Bekenntniß.

Batu. Ich beschwöre meine Aussage, diese
Hand soll verdorren, wenn ich falsch Zeugniß
rede.

Benj. Nicht genug. Hast du den Brief
gelesen?

Batu. Nein.

Benj. Ich bitte Euch Brüder, verfahrt
gelinde. Verzeihung dem Feinde ist eine Aus-
saat,

saat, die oft reiche Erndte trägt. Wir wollen
uns begnügen ihm ein Schrecken einzujagen;
vielleicht erpressen wir sein reuiges Bekenntniß!

Crust. Edler Mann! sey du sein Richter,
handle nach Gefallen.

Benj Seyd Ihr es zufrieden?

1. 2. 3ter Verschw. Ja! ja!

Benj. Wohlan, so bringt mir einen Becher
mit Wasser.

Erster Verschw. (bringt einen Becher mit
Wasser.)

Benj. (sezt den Becher auf einen Tisch, in der
Mitte der Bühne.) Ich kenne Stepanoffs
Krankheit, ich allein kann sein Arzt seyn.
Führt ihn her.

Erster Verschw. (bringt Stepanoff.)

Benj. Tritt näher Stepanoff. Du bist der
Verrätherey überwiesen, du hast, wie wir, dem
Verräther Tod geschworen. Sprich selbst dein
Urtheil.

Step. Mein Schicksal ist in meines Feindes
Hand.

Benj. Du irrst. Alle deine Brüder haben
dich verdammt, bekenne.

Step.

Step. Ich will nicht.

Benj. Du hast nur wenig Augenblicke noch
zu leben, bekenne.

Step. Ich will nicht.

Benj. Du hassest mich?

Step. Ja.

Benj. Was that ich dir?

Step. Nichts.

Benj. Und doch hassest du mich?

Step. Ja.

Benj. Und willst nicht bekennen?

Step. Nein.

Benj. Wohlan, auch Schweigen ist Bekenntniß. Hier steht ein Becher mit Gift,
trink ihn aus.

Step. (trozig um sich schauend.) Brüder, ist
das Euer Wille?

1. 2. 3ter Verschw. Allerdings!

Step. Mich wollt Ihr diesem Fremdling
opfern?

1. 2. 3ter Verschw. Trinke! trinke!

Step. Ha! wie sie dursten. Meynt Ihr,
der Tod sey ein Fastnachtsgespenst, und ich ein
Kind, das vor ihm läuft? — Ich will trinken.

ken. Vorher ein Wort zu dir Benjowsky! dich hasse ich! dich verabscheue ich, deinen Tod hab' ich gesucht, nicht den Tod dieser Männer. Du thust recht daß du mich aus dem Wege räumst; du thust recht daß du diese Faust in Bande schnürst! denn wäre sie frey, bey Gott! der erste Gebrauch ihrer Freiheit wäre ein Stoß nach deinem Herzen!

1. 2. 3ter Verschw. Haut ihn nieder!

Benj. Halt! was wollt Ihr von ihm? mich allein hat er beleidigt, und mich ernanntet Ihr zu seinem Richter. Man bind' ihn los, ich verzeihe ihm.

Step. Umsonst Graf Benjowsky! Du verschwendest deine verdammte Großmuth. Ich hasse dich! Wir dürfen nicht neben einander stehen! Einer von uns muß fallen! Gieb mir den Tod!

Benj. Bindet ihn los.

Erster Verschw. (bindet Stepanoff los.)

Benj. Du bist frey.

Step. Bin ich es? so gebt mir ein Schwerdt daß ich meinen Henker niederstoße. (Er will einem der Umstehenden das Schwerd entreissen.)

1. 2. 3ter

1. 2. 3ter Verschw. (hindern Stepanoff das
Schwerdt zu nehmen.)

Crust. Unsinniger!

Benj. Laßt ihn. Stepaneff, ich kenne
den Wurm, der dir am Herzen nagt. (Er zieht
ihn auf die Seite.) Sieh, das ist das Bild
meiner Gattin.

Step. Deiner Gattin.

Benj. Ich bin verheyrathet.

Step. Verheyrathet?

Benj. Bin Vater.

Step. Du?

Benj. Und liebe mein Weib.

Step. Gott!

Benj. Kann also nie Afanassiens Hand an
nehmen.

Step. (gewaltsam erschüttert, in Thränen aus
brechend, und Benjowsky umarmend.) Benjowsky!
— Ich muß hinaus ins Freye! (er stürzt fort.)

1. 2. 3ter Verschw. Ihr laßt ihn fort.

Benj. Seyd ruhig, er ist unser.

1. 2. 3ter Verschw. Seltsam! Unbegreiflich!

Benj.

Benj. Sehr natürlich. Ein seidener Faden lenkt auch den Starrkopf, wenn man nur weiß, wo dieser Faden angeknüpft ist.

Wasili (tritt eilig herein.) Fräulein Afanassja kommt, zu Fuß und ganz allein. — Sie will Euch sprechen.

Benj. Afanassja? was bedeutet das? Entfernt Euch meine Brüder, hier durch die Hinterthür.

Alle (ab.)

Benj. (betroffen.) Bey Nacht? allein? zu Fuß? so sittsam, schüchtern? und so kühn? — ich ahnde nichts gutes.

Afan. (fliegt athemlos in seine Arme.) Ach! ich kann nicht mehr!

Benj. (läßt sie auf einen Stuhl sinken.) Was ist Ihnen? woher —

Afan. Ich bin gelaufen, geflogen —

Benj. Warum?

Afan. Man wird keinen meiner Fußtapfen im Schnee erkennen —

Benj. Um Gotteswillen —

Afan. Fühlen Sie mein Herz, wie es pocht — (Sie legt seine Hand auf ihre Brust.)

Benj.

Benj. Erhohlen Sie sich —

Afan. Ja, ja — es wird schon leichter —
es wird schon besser — ich sehe Sie ja wieder
— meine Angst verschwindet —

Benj. Ohne Pelz in dieser Kälte.

Afan. Ohne Pelz? wahrhaftig! — —
Aber mir ist warm, sehr warm —

Benj. Weiß Ihr Vater —

Afan. Niemand weiß — ich allein — die
Minuten waren kostbar —

Benj. Erklären Sie mir —

Afan. Gleich! Gleich — (tief Athem schö-
pfend.) Ah! — Geduld, — Ach! —
nun ists vorüber.

Benj. Sie erschrecken mich. —

Afan. Nicht doch — Sie sind ja hier —
es wird wieder hell um mich — ich war ein
Kind —

Benj. Diese Räthsel —

Afan. (steht auf, tritt vor Benjowsky, faßt seine
beiden Hände, und sieht ihm scharf, doch gutmüthig ins
Gesicht.) Benjowsky!

Benj. Warum dieser forschende Blick?

Afan.

Afan. (nach einer Pause.) Nein es ist nicht
wahr, er hat gelogen.

Benj. Wer?

Afan. Lachen Sie mich aus, lieber Graf,
ich bin eine leichtgläubige Närrin. Mein Kam-
mermädgen — sie hat einen Liebeshandel —
Verliebte sagt man, necken gern — da hat er
ihr weiß gemacht — aber Sie müssen nicht
bös werden.

Benj. Nur weiter.

Afan. Ich erschrak, und ohne Ueberlegung
rannte ich fort. Schelten Sie, lachen Sie,
ich hab' es verdient.

Benj. Sie machen mich ungedulbig.

Afan. Gewiß, lieber Graf, ich bin nun
wieder ganz ruhig, ganz ruhig, wenn ich Sie
ansehe, so schäme ich mich zu bekennen — aber
es muß doch heraus. Lassen Sie mein Gesicht
an Ihrem Busen ruhen, damit ich freyer reden
kann. Man sagt — Sie wären das Haupt
einer Verschwörung — Sie wollten fliehen —
meines Vaters Güte mit Undank lohnen —
mich verlassen! (sie verläßt ihre schüchterne Stellung.)
So, nun wissen Sie alles, nun kein Wort wei-

ter.

ter. Beschämen Sie mich nicht noch mehr durch eine Vertheidigung. Nichts, nicht einmal nein sollen Sie sagen.

Benj. (erschüttert.) Afanassia!

Afan. Kein Wort! keine Sylbe. Ich würde den schlagen, der es der Mühe werth hielte, Sie zu vertheidigen.

Benj. Ich muß —

Afan. Schweigen, oder ich halte Ihnen den Mund zu. Weg mit der ehrbaren Falte hier und hier. Aber lachen dürfen Sie, lachen über das alberne, kindische Mädgen. Einen Kuß der Versöhnung, und ich hüpfe froh nach Hause.

Benj. Das ist zu viel! Wer könnte diesen Engel täuschen! Gutes, harmloses Geschöpf! — Man hat dich nicht betrogen.

Afan. Nicht?

Benj. Ich muß fliehen —

Afan. (erblassend.) Fliehen —

Benj. Vielleicht morgen schon —

Afan. Gerechter Gott!

Benj. Mich bindet ein gräßlicher Eid.

Afan. Arme Afanassia!

Benj.

Benj. Sieg oder Tod schwur ich den Gefährten meiner Leiden.

Afan. Arme, betrogene Afanaſja!

Benj. Den Meyneid rächt der Tod.

Afan. (die Hände ringend.) Mir, mir den
Tod!

Benj. Ich kann nicht zurück, ich darf nicht
um mich ſchauen — mein Herz blutet —
aber ich muß vorwärts:

Afan. Alles verloren!

Benj. Zerſprengen will ich dieſe Kette, nur
meine Leiche ſoll ein Sklave bleiben! Ich wage
viel, durch dieß Bekenntniß, doch dein gutes
Herz betrügen konnte ich nicht. Jezt bin ich
in deiner Gewalt. Geh, entdecke deinem Vater was du hörteſt —

Afan. (weinend.) Benjowsky; dieſen Argwohn hab' ich nicht um Sie verdient. Wenn
Sie mich nicht lieben — wenn Sie fern von
mir in einem andern Welttheil glücklich ſind; ſo
ſollen Sie doch immer mit Wehmuth an mich
denken. Mein Geiſt, der Sie überall umſchwe-
ben wird, ſoll das Bekenntniß oft von ihrer

Lippe

Lippe haschen: Afanasia war kein unedles Geschöpf!

Benj. Ach! nur die Trennung von dir wird
meinem Herzen schwer!

Afan. Ich werde sterben — ich habe einen
Augenblick lang gelebt — man lebt nur, wenn
man liebt. — O du Verklärte! nimm mich
auf in deine mütterliche Arme!

Benj. (sehr bewegt.) Sey großmüthig,
Afanasia! schone mich!

Afan. Sie sind gerührt? — lieber Graf!
bleiben Sie bey mir! — lieber Benjowsky!
bleib bey mir! Es kann dir doch nimmer wohl
seyn, wenn du an meinen Jammer denkst. Jedes frohe Gemählde würde mein blasses Bild
entstellen. Bleib unter uns! bist du nicht schon
frey? Meine heisse Liebe soll dir Blüten aus
diesen kalten Steppen locken. Meine starke
Liebe soll kämpfen mit der Sehnsucht nach deinem Vaterlande. Ich werde mich bilden, ich
werde alles von dir lernen, und du wirst von
mir lieben lernen.

Benj. Du folterst mich —

Afan.

Afan. Sieh, ich klage nicht, ich weine nicht. Muß doch dein Herz das Urtheil spre=chen, was hab' ich denn zu fürchten? Vertrauen ist die Münze, mit der man edle Seelen erkauft. Ich vertraue dir, du wirst mich nicht verlassen.

Benj. Meine Bundesbrüder werden mich tödten —

Afan. Komm mit mir! die Gewalt meines Vaters, und der Arm der Liebe werden dich schützen.

Benj. Soll ich meine Freunde treulos opfern?

Afan. Ich will meines Vaters Kniee um=fassen, keinem soll ein Haar gekrümmt werden. Und wäre ihr Urtheil schon mit Blut geschrieben, so sollen meine Thränen die Worte verlöschen.

Benj. (gepreßt) Ich kann nicht! —

Afan. Du kannst, ja, du wirst! Was suchst du unter fremdem Himmel? Freyheit? — hat die Liebe nicht schon deine Fesseln zerbrochen? — Schätze? — wirst du nicht meines Va=ters Erbe? — Liebe? — o die findest du nir=gend wie hier in dieser treuen Brust! — du meine erste und einzige Liebe! — willst du dein

Schiff

Schiff mit meines Vaters Fluch beladen?
willst du in jedem Säuseln des Windes meine
Seufzer hören? — ach! und doch — bey jedem
Sturm würd' ich am Ufer niederknien, für deine
Rettung beten!

Benj. Laß ab! laß ab! ich liebe dich! bey
Gott! ich liebe dich! aber —

Afan. Hat die Liebe auch ein aber?

Benj. Ich kann dich nicht betrügen.

Afan. Das wirst du nicht.

Benj. Du mußt alles wissen —

Afan. Noch mehr?

Benj. Sieh dieses Bild — ich bin verheyrathet — es ist mein W—b.

Afan. Ha! (sie sinkt erschöpft in einen Sessel.)

Benj. (lehnt sich an die Mauer und verbirgt sein
Gesicht.)

Afan. (Pause. Ihr Busen hebt sich schnell, sie
kämpft mit sich selbst. Entschlossen steht sie auf und
spricht.) Wohlan! ich entsage dir. (ihm die
Hand reichend.) Mein Bruder! darf ich so dich
nennen?

Benj. (stürzt zu ihren Füßen, und drückt sein
Gesicht auf ihre Hand.)

Afan.

Afan. Fliehe! wenn dein Weib dich liebt —
» gewiß liebt sie dich! — wie bekümmert muß
sie um dich seyn. Eile! fliehe!

Benj. (aufspringend.) Gott! — Emilie!

Afan. Emilie heißt sie, Emilie? ein sanfter,
schöner Name. O gewiß ist deine Emilie sanft
und gut. Sie wird mir deine Bruderliebe
gönnen. Nicht wahr Benjowsky?

Benj. Dürft' ich hinaus in die Schlacht!

Afan. Rein und schuldlos bin ich dir erge-
ben, die Schwester darf den Bruder lieben.
Nein, ich verlasse dich nicht! ich kann dich nicht
verlassen! ich ziehe mit dir in die weite Welt!
Zeuge will ich seyn von dem Entzücken deines
Weibes bey deiner Wiederkunft. — Ein heller
Strahl erwärmt mein Herz aufs neue. Ich
selbst führe dich zurück in Ihre Arme, finde meine Ruhe :. der Eurigen — lebe still und sittsam mit Euch, unter Euch — helfe deinem
Weibe in der Wirthschaft — lehre deine Kinder Eure Namen lallen. —

Benj. Mädgen! du bringst mich um den
Verstand!

Afan.

Afan. Keine niedrige Eiferfucht soll sich unter uns schleichen, kein dienstfertiger Nachbar
unsere holde Eintracht stören. Herzlichkeit soll
mir deines Weibes Liebe, Tugend und Unschuld
ihre Achtung gewinnen. Nur immer bey dir
um dich will ich seyn, will sehen wie du handelst,
hören was du redest, mich freuen und betrüben
mit dir. Zerstöre nicht den lieblichen Traum!
stoße mich nicht zurück! Gieb mir ein Plätzgen
in der Kajüte, wo ich dich sehe, einen Winkel
auf dem Schiffe, wo ich für dich beten kann.

Benj. Und dein alter Vater?

Afan. (ihr Gesicht verbergend.) Ach Gott!

Erster Verschw. (tritt herein.) Der Gou-
neur will Euch sprechen.

Benj. Ich werde morgen früh —

Erster Verschw. Gleich auf der Stelle.

Benj. Zu einer so ungewöhnlichen Zeit? was
bedeutet das?

Erster Verschw. Der Ordonnanz erzählt,
es sey ein fürchterlicher Lärm im Schlosse.

Benj. Ich werde kommen.

Erster Verschw. (ab.)

Afan. Nimmermehr! — Benjowsky! ich zittre —

Benj. Wofür?

Afan. Hörtest du nicht? ein fürchterlicher Lärm — mein Vater tobt — das thut er nicht um Kleinigkeit. Er läßt dich rufen, so spät in der Nacht — es wäre tollkühn zu gehorchen. Laß mich, laß mich allein. Wenn ich Gefahr ahnde, und nicht schreiben darf, so soll Feodora dir ein rothes Band bringen. Erblickst du das, so denk' auf deine Rettung.

Benj. Wer weiß ob wir die Mücke nicht zum Elephanten machen. Vielleicht vermißte dich dein Vater und ist unruhig.

Afan. Auch möglich.

Benj. Ich gehe mit dir.

Afan. Nein, nein, meine Angst würde dich verrathen.

Benj. Bedenke liebe Afanaßa —

Afan. Die Liebe bedenkt nicht, sie fühlt nur.

Benj. Sind wir verrathen, jetzt schon verrathen, so ist keine Rettung, denn unsere Anstalten sind noch nicht reif. Aengstlichkeit ver-

J   schlim-

schlimmert nur das Uebel. Den Wanderer unter den Bäumen trifft der Blitz leichter, als den
Wanderer im freyen Felde, drum laß uns gehn.

Afan. Kann ich auch? — meine Knie
wanken.

Benj. Stütze dich auf meinen Arm.

(Sie wollen gehn.)

Kudrin. (stürzt herein zu Benjowsky's Füßen.)
Den Tod, Graf Benjowsky! gebt mir den
Tod!

Benj. Mensch, was ist dir?

Kudr. Ich hab' Euch verrathen —

Benj. Verrathen?

Kudr. Die Liebe hat mich zum Verräther
gemacht.

Benj. Geschwind, erzähle.

Kudr. Ich liebe Feodora — wollte sie mit
mir nehmen — vor wenig Stunden — sie
stand auf dem Balkon — ich traute der verrätherischen Dunkelheit, entdeckte ihr Alles —
und wurde behorcht.

Benj. Behorcht? wer?

Kudr. Der Hettmann.

Benj. Er allein?

Kudr.

Kudr. Allein.

Benj. Und er ertappte dich?

Kudr. Er hielt mich fest, rief die Wache, ich stieß ihn von mir und entschlüpfte. Aber mein Gewissen hat mich die halbe Nacht herumgepeitscht, meiner Brüder Blut schreyt um Rache! verzeihr mir und tödtet mich)!

Benj. Bist du gewiß daß nur der Hettmann dich behorchte?

Kudr. Nur Er.

Benj. (zu Afanassia.) Und ist Feodorens Treue erprobt?

Afan. Ich hafte für sie.

Benj. So steh auf und geh in Frieden. Schleiche dich vorsichtig nach dem Hafen, verbirg dich dort auf unserm Schiffe. Morgen wirst du von uns hören.

Kudr. (aufstehend.) Wie? kein böses Wort?—

Benj. Worte kosten Zeit, nur handeln kann uns retten. Was geschehen ist, ist geschehen. Vollziehe schleunig meinen Befehl, und laß dich nicht zum zweytenmal ertappen.

Kudr. Ein erleichtertes Gewissen beflügelt meine Schritte. (ab.)

Benj.

Benj. Nun Afanasja, komm zu deinem
Vater.

Afan. Dennoch?

Benj. Allerdings. Nur dreiste Zuversicht
kann des Hettmanns Zeugniß entkräften. Gelingt es mir, nur bis morgen, deinem Vater
Beruhigung einzuflößen, so haben wir gewonnen
Spiel.

Afan. Und wenn es nicht gelingt?

Benj. So ist das Spiel verloren.

Afan. Und dann?

Benj. Dann werd' ich zu sterben wissen.

Afan. Ach Benjowsky!

(Sie gehen Arm in Arm ab.)

(Zimmer im Schloß, der Gouverneur und der
Hettmann, hernach der Ordonnanz. Benjowsky und Afanasja treten herein)

Gouv. (unruhig auf- und niedergehend.) Habt
Ihr auch recht gehört?

Hettm. Hab' ich Ohren? wie? und wenn
ich sage Ohren, so verstehe ich darunter große
Ohren:

                                        Gouv.

Gouv. Unbegreiflich!

Hettm. Einen alten Narren hat er mich genannt.

Gouv. Für meine Wohlthaten —

Hettm. Vor die Brust hat er mich gestoßen.

Gouv. Mein einziges Kind gab ich dem Heuchler.

Hettm. Man muß eine Knute aus Blitzen flechten.

Gouv. Nein, es kann nicht seyn! es wäre zu schwarz! Gesteht mir Hettmann, Ihr wart betrunken.

Hettm. Betrunken? nun ja, ist ein betrunkner Hettmann nicht mehr werth, als zehn nüchterne Verbannte?

Gouv. Gott gieb mir Fassung! daß ich meiner Würde treu nicht rasch verfahre. Gesetz und Billigkeit sind Richter, das warme Blut soll nicht die Schaale drücken.

Ordonn. (tritt herein.) Graf Benjowsky wird kommen.

Gouv. Er wird kommen?

Ordonn. Sogleich.

Gouv.

Gouv. Würklich? das ist Frechheit oder Unschuld, hat man Feodora gefunden?

Ordonn. Nein.

Gouv. Ein Korporal mit Wache soll den Kosaken Kudrin suchen, und gebunden hieher bringen.

Ordonn. (ab.)

Hettm. Warte junger Bube! ich will den alten Narren dir bezahlen. Mich ärgert nur daß der Kerl ein Kosak ist.

Gouv. Meine arme Tochter.

Benj. und Afan. (treten herein.)

Gouv. Ha! Graf Benjowsky!

Hettm. Willkommen Herr Minister!

Gouv Was willst du Afanasia? du kömmst zu ungelegner Zeit, laß uns allein.

Afan. (entfernt sich mit schwerem Herzen.)

Gouv. (steht finster in sich gekehrt.)

Hettm. (beschaut Benjowsky mit einem dummen Lächeln vom Kopf bis zu den Füßen.)

Benj. (Blicke ruhen forschend auf Beyden wechselweise.)

Gouv. (klingelt.)

Ordonn. (tritt herein.)

Gouv.

Gouv. Ist Feodora noch nicht gefunden?

Ordonn. Eben kömynt sie von einer Nach-
barin.

Gouv. Wo ist sie?

Ordonn. Bey dem Fräulein.

Gouv. Sie soll sogleich hieher kommen.

Ordonn. (ab.)

Gouv. (Pause, sieht Benjowsky starr an.)

Benj. (dem Gouverneur frey ins Gesicht blickend.)

Gouv. (bey Seite.) Ist er schuldig, so ist
er kein gemeiner Bösewicht.

Benj. Herr Gouverneur, Ihr Gesicht ist
nicht wie es heute und gestern war.

Gouv. Gott gebe daß unsere Herzen unver-
ändert seyn mögen.

Benj. Das gebe Gott!—

Gouv. Ich bürge für das Meinige.

Benj. So bin ich ruhig.

Gouv. Das freut mich.

Benj. Sie haben mich rufen lassen —

Gouv. Gedyld.

Hettm. Man spricht hier von allerley artigen
Dingen.

Benj. Wie so?

J 4   Hettm.

Hettm. Wenn ich sage artige Dinge, so verstehe ich darunter Hochverrath.

Benj. Hat Tschulosnikoff schon wieder. ——

Hettm. Nichts, nichts Tschulosnikoff, der sizt in Ketten und Banden.

Benj. Also ein neuer Verläumder? wo ist er?

Gouv. Er soll Ihnen unter die Augen gestellt werden.

Benj. Das erwarte ich.

Gouv. Die strengste Gerechtigkeit ——

Benj. Die fodre ich.

Gouv. Er soll laut bekennen.

Benj. Und beweisen.

Gouv. Das versteht ich.

Benj. Und wenn er nicht beweißt?

Gouv. Die härteste Strafe leiden.

Benj. Ich bin zufrieden.

Gouv. (nach einer Pause.) Aber wenn er beweißt ——

Benj. Dann lege ich meinen Kopf zu Ihren Füßen.

Gouv. (ihn scharf ansehend.) Ich hoffe Graf, Sie sind unschuldig.

Benj. Ich weiß es gewiß.

Gouv.

Gouv. Geliebt und frey; was könnte Sie bewegen —

Benj. Folglich —

Gouv. Sie haben Recht. Hettmann! Hettmann! ich fürchte Ihr habt mir ohne Noth eine üble Stunde gemacht.

Hettm. Ohne Noth? Hat er mich nicht einen alten Narren geschimpft?

Benj. Wer?

Gouv. Davon ist nicht die Rede.

Hettm. Den Geyer auch! wovon denn?

Feodora (tritt herein.)

Gouv. Nur näher Feodora. Kennst du den Kosaken Kudrin?

Feodo. Er ist mein Bräutigam.

Hettm. Da haben wirs.

Gouv. Hast du ihn heute gesprochen?

Feodo. Ja.

Gouv. Wo?

Feodo. Vom Balkon herab.

Gouv. Wovon sprach er mit dir?

Feodo. Je nun, wovon er immer zu sprechen pflegt, von seiner Liebe.

J 5.

Gouv.

Gouv. Das will ich nicht wissen.

Feodo. Was denn?

Gouv. Er hat dir eine Verschwörung entdeckt.

Feodo. Verschwörung? was ist das?

Hettm. Bat er dich nicht mit ihm zu fliehen? he?

Feodo. Fliehen? ja.

Gouv. Wohin?

Feodo. Ach!

Hettm. Nun, hab' ich gelogen?

Gouv. Rede.

Feodo. Verzeihung, gnädiger Herr, für meinen armen Kudrin.

Gouv. Zuvor bekenne.

Feodo. Er klagte über des Hettmanns harte Zucht, und schlug mir vor, mit ihm nach Ochozk zu entfliehen.

Gouv. Sonst nichts?

Hettm. Possen! spracht Ihr nicht von einer Flucht übers Meer? he?

Feodo. Ja, ich sagte, ich wollte mit ihm in die weite Welt gehn.

Hettm.

Hettm. Wenn ich sage das Meer, so verstehe ich darunter nicht die weite Welt.

Feodo. Auch übers Meer, hab' ich gesagt, ob ich gleich mich vor dem Wasser fürchte.

Benj. (lächelnd bey Seite.) Vortrefflich!

Gouv. Nun Hettmann? wie klingt das?

Hettm. (den Kopf schüttelnd.) Nasen drehen! spracht ihr nicht von einem herrlichen Lande, wohin ihr fliehen wolltet?

Feodo. Nun ja, Ochozk. Er ist dort gewesen, er kann nicht genug rühmen, wie gut sichs dort lebt.

Gouv. Aber der Graf? der Graf?

Feodo. Der Graf?

Hettm. Ja, ja, der Graf! Sollte der euch nicht nach Ochozk begleiten? he?

Feodo. Das höre ich zum erstenmale. Desto besser! so darf ich mein Fräulein nicht verlaßen.

Hettm. Sie stellt sich dumm.

Gouv. Bekenne! was spracht Ihr von dem Gräfen?

Feodo. Nicht ein Wort. Doch ja, ich besinne mich.

Hettm. Aha!

Feodo.

Feodo. Ich erzählte ihm, daß Graf Benjowsky Fräulein Afanossia'n heyrathen wird.

Gouv. Sonst nichts?

Feodo. Was denn noch?

Hettm. (ungeduldig.) Von der Verschwörung, von dem Schiffe, von der Flucht.
Wirst du reden?

Feodo. Verzeiht mir, Iwan Fedrowitsch,
Ihr wart ein wenig benebelt, und ich glaube
Ihr seyd es noch.

Hettm. Du Hexe! — die freche Dirne
leugnet mir am Ende noch gar den alten Narren
ab! wie?

Feodo. (weinend und heftig.) Ich eine Hexe?
eine freche Dirne?

Hettm. Nun, nun.

Feodo. Ich bin ein ehrliches Mädchen.

Hettm. Nun, nun.

Feodo. Mit dem gnädigen Fräulein erzogen.

Hettm. Ja doch, ja!

Gouv. Ruhig Feodora! Hast du mir nichts
verschwiegen?

Feodo.

Feodd. Aber mein Gott! da steht ja der Graf selbst, er wird am besten wissen, ob er nach Ochozk zu reisen gedenkt!

Benj. Der Graf, mein gutes Kind, denkt an nichts weniger. Aber es giebt hier dienstfertige Leute, die, wenn sie den Boden einer Flasche sehen, so viel für ihn denken —

Gouv. Hettmann, Ihr wart irrig, der Wein — die kalte Luft —

Hettm. Mag seyn, was die Verschwörung anlangt; doch was den alten Narren betrifft, darauf will ich leben und sterben.

Gouv. Nun, wenn es weiter nicht —

Hettm. So? ist das nichts?

Gouv. Ja doch, Iwan Fedrowitsch, man muß ihm die Katze geben lassen.

Hettm. Allerdings.

Gouv. Ich danke Gott, daß kein Verdacht auf einem Manne ruht, der meinem Herzen nahe ist. Ich glaub' es gern und leicht.

Benj. Das Räthsel der sogenannten Flucht kann ich vermuthlich lösen. Ein Entwurf, den der Hettman mir mittheilte, die aleutischen Inseln betreffend — ich ließ ein Wort davon fallen,

fallen, Kubrin hat es gehört, und vielleicht übel verstanden.

Hettm. Ach so? das ist ein anderes. Wenn ich sage ein Anderes, so verstehe ich darunter —

Feodo. (schalkhaft.) Nichts.

Hettm. Recht, nichts.

Gouv. (Benjowsky die Hand reichend.) Lieber Graf, es bleibt beym Alten.

Hettm. (eben so.) Es bleibt beym Alten.

Gouv. Verzeihen Sie dem Gouverneur seinen Argwohn, der Vater war ohne Mißtrauen.

Benj. Es hat mir weh gethan, doch es sey vergessen.

Gouv. Es ist spät. Sollen wir zur Abendtafel gehen?

Hettm. Ein vernünftiger Gedanke.

Benj. Ich beurlaube mich. Der heutige Tag war einer der schwülsten meines Lebens. Ich bedarf die Ruhe.

Gouv. Bis morgen. Leben Sie wohl.
Benj. (ab.)

Hettm.

Hettm. Grillenfänger! spricht von schwülen Tagen. Es ist eine Kälte draußen, daß die Zähne an einander frieren.

Gouv. Wo ist meine Tochter?

Feodo. Im Speisesaal.

Gouv. Wir wollen zu ihr gehn. Doch Herr Gevatter nehmt Euch in Acht, daß der Wein nicht wieder Phantasieen rege macht. —

Hettm. (schmunzelnd.) Der Wein? laßt ihn nur kommen, ha! ha! ha! (Sie wollen gehn.)

Ordonn. (tritt herein.) Ein Brief.

Gouv. Wer brachte ihn.

Ordonn. Ein Kamtschadale.

Gouv. (entfaltet den Brief und liest.)

Hettm. Die Briefe kann ich nicht leiden.

Feodo. Warum nicht?

Hettm. Närrin, weil man sie lesen muß.

Gouv. Ha! schon wieder! — Hört doch zu Iwan Fedrowitsch: (Er liest.) „Graf Ben-„jowsky steht an der Spitze von mehr als hun-„dert entschloßnen Männern. Tschulosnikoffs „Schiff ist in ihrer Gewalt. Der morgende „Tag entführt dem Gouverneur seine Tochter. „Ich bürge mit meinem Kopfe für die Wahr-

„heit

„heit dieser Nachricht. Der Staat ist mir die
„Freiheit schuldig. Stepanoff."

Hettm. Da haben wir's! was sagt Ihr nun
Gevatter? war der auch betrunken, der diesen
Brief schrieb?

Gouv. Ha! so wäre ich doch hintergan-
gen! Ist der Graf schon fort?

Ordonn. Er hatte Eile, wie es schien.

Gouv. Ja wohl Eile. (zu Feodora.) Meine
Tochter soll kommen.

Feodd. (im Abgehn.) Ein neues Ungewitter!

Hettm. Ich lasse meine Kosaken aufsitzen.

Gouv. Wie er da stand! wie täuschend seine
Larve Unschuld log, wie ruhig er mir seinen
Kopf bot —

Hettm. Einen Kopf haben wir nun gewiß,
er oder Stepanoff.

Afan. (mit Feodora kommend)

Gouv. (ihr den Brief hinreichend.) Lies diesen Brief.

Afan. (nachdem sie gelesen.) Verleumdung
mein Vater.

Gouv. Weißt du nichts?

Afan. Nichts.

Gouv.

Gouv. Aber du wirst bleich?

Afan. Verdruß und Aergerniß, Zorn und
Liebe —

Gouv. Aber du zitterst?

Afan. Soll ich nicht zittern, da mein guter
Vater allzurasch, vielleicht —

Gouv. Sey unbesorgt, ich werde strenge
untersuchen.

Afan. Es thut mir weh, daß ich eines Menschen Unglück machen soll; aber dieser Stepanoff
hat es verdient. Mir ist es klar, warum er
den Grafen stürzen will. Seine Eifersucht ist
erfinderisch.

Gouv. Eifersucht.

Afan Er liebt mich.

Gouv. Dich?

Afan. Mit einer Art von Raserey. Noch
diesen Morgen hat er es gewagt, mich hier im
Schlosse zu überfallen, hat getrozt, gewütet —

Gouv. Er? gegen meine Tochter?

Afan. Ich wollte Hülfe rufen, da überraschte
ihn der Graf. Er stürzte drohend hinaus, und
— er hat Wort gehalten.

Gouv. Ich erstaune.

K   Afan.

Afan. Eifersucht diktirte diesen Brief, ur-
theilen Sie nun selbst mein Vater, ob er Sie
beunruhigen darf.

Gouv. Warum sagtest du mir nicht gleich—

Afan. Er daurte mich, ich hielt ihn für
verrückt.

Feodo. (bey Seite.) Vortreflich! das Ge-
witter zieht vorüber.

Hettm. Hm! wieder fehlgeschossen, das ist
ein Tag — weder Essen noch Trinken — und
eine Nacht — weder Schlaf noch Ruhe.

Gouv. (nachdenkend.) Sollte Stepanoff es
wagen seine Lügen aus der Luft zu greifen?
Tschulosnikoff — Kudrin — sollte alles das
von ungefähr zusammen treffen?

Kudrin (in Fesseln, von einem Corporal und
Wache begleitet.)

Hettm. Sieh da! der Vogel ist gefangen.

Corp. Ein Paar Minuten später war er
uns entschlüpft.

Feodo. (zu Afanasia'n.) Wir sind verloren!

Afan. Winkt ihm zu.

Gouv. Wo grifft Ihr ihn?

Corp. Im Hafen.

Gouv.

Gouv. Sind Bewegungen dort?

Corp. Tschulosnikoffs Schiff wird ausgerüstet.

Gouv. (zu Kudrin.) Was thatest du im Hafen?

Kudr. (zitternd.) Gnade! Gnade! ich will alles bekennen.

Feodo. (sich an ihn drängend.) Ich hab' schon alles bekannt, lieber Kudrin.

Hettm. Kennst du mich Bursche? he?

Kudr. Ihr seyd mein gnädiger Hettmann.

Hettm. Dein alter Narr bin ich, und folglich dein ungnädiger Hettmann. Wenn ich sage ungnädig, so verstehe ich darunter die Knute.

Kudr. Weh mir! schont mein junges Blut! ich bin verführt worden.

Gouv. Wer verführte dich?

Feodo. Ich hab' ihn überredet —

Gouv. Schweig!

Feodo. (bey Seite.) Glück steh uns bey!

Afan. (bey Seite.) Wir sind verloren!

Gouv. (zu Kudrin.) Du wolltest fliehen?

Kudr. Ach ja!

Gouv. Wohin?

Feodo.

Feodo. Haſt du nicht Verwandten in Ochoʒk?

Kudr. Nein.

Feodo. Aber Freunde und Bekannte?

Kudr. Ich war in meinem Leben nicht dort.

Gouv. (zu Feodora.) Schweig!

Feodo. Gnädiger Herr, ich muß für ihn ſprechen; die Angſt macht ihn verwirrt, er re-
det ſich um den Hals.

Hettm. Deſto beſſer.

Gouv. Nenne deine Mitverſchwornen.

Feodo. Wer außer mir —

Gouv. Wirſt du ſchweigen?

Kudr. Graf Benjowsky —

Feodo. Hat dir abgerathen, ich weiß es,
wärſt du ihm nur gefolgt.

Gouv. Mädgen, ich laſſe dich in deine
Kammer ſperren.

Feodo. Aber mein Gott, gnädiger Herr,
er iſt mein Geliebter, mein Bräutigam; durch
mich iſt er in dieß Unglück gerathen. Hörſt
du Kudrin? ich hab ihn gebeten mich nach
Ochoʒk zu entführen, er hat eingewilligt, aus
Liebe zu mir, das iſt es alles, nicht wahr Kudrin?

drin? Schonet seiner! vergebt ihm! er ist der beste Balalaikaschläger im ganzen Lande.

Gouv. Fort auf dein Zimmer!

Feodo. Gnädiges Fräulein, ein gutes Wort —

Gouv. Werft sie hinaus!

Afan. Geh Feodora.

Feodo. Ja doch, ja. Du hast gehört Kudrin? ich nehme alles auf mich, und außer mir hat Niemand drum gewußt. (ab.)

Hettm. Bin ich denn Niemand? wie?

Gouv. Jezt bekenne frey. Nur die Wahrheit kann dir Gnade gewinnen.

Kudr. Ach müssen meine Brüder sterben, so will auch ich nicht länger leben.

Gouv. Sind Eurer Viele?

Kudr. Viele.

Gouv. An Eurer Spitze steht? —

Kudr. Graf Benjowsky.

Gouv. Wo habt Ihr Euch verbunden?

Kudr. Am Altare.

Gouv. Wie wolltet Ihr entfliehen?

Kudr. Zu Schiffe.

Gouv. Wann?

Kudr.

Kudr. Morgen.

Gouv. Nun Afanasja?

Afan. (ist einer Ohnmacht nahe.)

Gouv. Armes Kind, ich beklage dich! wir haben eine Schlange erwärmt.

Hettm. Einen Drachen.

Gouv. Jede Schwachheit kann mein Herz verzeihen, aber Undank ist ein schwarzes Laster. Führt ihn fort! Euer Leben haftet für ihn.

Hettm. Komm! komm! ich will dir das Quartier bestellen. Brod ohne Sonne, und Wasser ohne Luft, verstehst du mich? er soll Irre werden.

Kudr. (die Hände ringend.) Ach! mein edler Graf! meine armen Brüder!

(Ab mit Hettmann und der Wache.)

Gouv. Es giebt Verbrechen, die das Herz empören, Menschenhaß erzeugen, und angebohrnes Wohlwollen in Grausamkeit verwandeln. Der tückische Bösewicht hat mit meinem Herzen sein Spiel getrieben; er soll mich kennen lernen.

Afan. (zu seinen Füßen.) Gnade, mein Vater! ich lieb' ihn noch!

Gouv.

Gouv. Schäme dich! Steh auf und spare deine Worte, sie schänden dich und mich. Hast du vergessen, daß deines Vaters Ehre und Leben auf dem Spiel stehen? oder hat der Bube dich durch einen Zaubertrank berauscht? ist dir beides gleichgültig geworden?

Afan. O nein! mit meinem Blute —

Gouv. Das erwarte ich von meiner Tochter. Jezt müssen wir eilen, die Gefahr ist nahe. Setze dich und schreib.

Afan. (erschrocken.) Was?

Gouv. Benjowsky ist der Rädelsführer. Haben wir ihn in unserer Gewalt, so sind die übrigen unnütze Glieder ohne Haupt. Schreib!

Afan. (zitternd.) Was soll ich schreiben?

Gouv. Er wird sein Schicksal ahnden; er wird sich weigern meinen Befehlen zu gehorchen. Nur du kannst ihn hieher locken. Larve für Larve. Schreib' ihm ein Briefgen zärtlich und süß; lade ihn ein —

Afan. Nimmermehr!

Gouv. Wie? du wolltest —

Afan. Ich kann nicht mein Vater!

K 4

Gouv.

Gouv. Ha! undankbare Dirne! Soll deiner Mutter Segen von deines Vaters Fluch zernichtet werden?

Afan. Halten Sie ein!

Gouv. So setze dich und schreib!

Afan. (sezt sich an den Tisch.) Sein Todes-Urtheil?

Gouv. Vielleicht.

Afan. Es ist das meinige!

Gouv. Gleichviel.

Afan. Ich bin bereit.

Gouv. (diktirt.)

Afan. (schreibt zitternd.)

Gouv. „Lieber Graf! Ich muß Sie sprechen, noch in dieser Nacht. Kommen Sie eilig. Feodora wird am Pförtgen Sie erwarten. Fliegen Sie in die Arme Ihrer Afanasja."

Afan. Es ist geschehen.

Gouv. (übersieht was sie geschrieben.) Kaum leserlich, doch schon gut. Jezt versiegle schnell.

Afan. (reißt, indem sie versiegelt, unvermerkt eine rothe Bandschleife vom Busen und verbirgt sie in das Billet.)

                                        Gouv.

Gouv. (ruft heraus.) Ordonnanz!

Ordonnanz (tritt herein.)

Gouv. Dieß Billet zum Grafen Benjowsky, und sprich, das Fräulein habe dich geschickt, hörst du?

Ordonn. Ganz wohl. (ab.)

Gouv. Leg dich schlafen, Mädgen, ich will für euch wachen. Geh und bitte Gott in deinem Abendsegen, daß er diese Leidenschaft in deiner Brust ersticke. Gedenke deiner Mutter! (gerührt ihre Hand ergreifend.) Gedenke deines alten Vaters! (ab.)

Afan. (allein.) Vater? — Mutter? — Gott verzeih es mir! ich denke nur an ihn! — Schlafen? und Benjowsky in Gefahr? — beten? — ach! das hilft ihm nicht! — Hinweg du mädgenhafte Schüchternheit! Gesellt euch zu mir ihr unbekannten Freunde: Muth und Kühnheit! Ein Schwerdt, ein Schwerdt in meine schwache Faust! Rettung! Rettung dem Geliebten! Sein Schild sey diese Brust! an seiner Seite will ich sechtend sterben.

Ende des vierten Akts.

K 5 Fünf-

Fünfter Akt.

(In Crustiews Wohnung. Die Verschwornen
liegen in Gruppen an den Wänden umher, und schlafen. Jeder hat eine Flinte neben sich, und ein Paar
Pistolen im Gürtel. Crustiew sitzt auf einer Bank
mit geschlossenen Augen. Man wird an seiner Un-
ruhe gewahr, daß er umsonst zu schlafen versucht.
Er steht endlich auf.)

Ich kann nicht schlafen. Mag ich den
Kopf doch wenden wohin ich will, so höre ich
einen Puls; das Blut hüpft durch meine Adern.
Immer braust es mir vor den Ohren: Morgen!
Morgen! Tod oder frey! die kalten Schatten
dieser Nacht verjagt der Freiheit helle, warme
Sonne — Morgen ist mein Geburtstag, morgen fang' ich wieder an zu leben — hier —
oder dort — Leb wohl, du finstere Herberge
meiner Leiden! ich verlasse dich ungern. Gewohnheit macht auch den Kerker schön. Jede
Spinne ist mir lieb geworden, jede Maus ist
meine Freundin — Auch diese Welt ist nur
ein Kerker, an den uns die Gewohnheit fesselt.

Hier

Hier sind wir schon bekannt, dort fremd —
man geht nicht gern unter Fremde.

Step. (tritt herein.)

Crust. Wo bist du wieder gewesen?

Step. Draußen.

Crust. Du läufst so unruhig hin und her? —

Step. Bist du ruhig?

Crust. Ist alles still draußen?

Step. Die Wölfe heulen.

Crust. Den Grabgesang der Sklaverey.

Step. Vielleicht. Vielleicht auch nicht.

Crust. Mir giebt die Hoffnung Zuversicht.

Step. Wir hoffen Alle, aber die Hoffnung
ist ein Regenbogen, jeder Mensch hat seinen
eigenen.

Crust. Es ist spät?

Step. Mitternacht vorüber.

Crust. Ich bin besorgt um den Grafen.

Step. Auch ich.

Crust. Würklich?

Step. Warum nicht? er ist vermählt,
Afanasja mein!

Crust. Liebt sie dich?

Step. Ich entführe sie.

Crust.

Cruſt. Wird ſie dann dich lieben?

Step. Gleichviel.

Cruſt. Pful der thieriſchen Liebe!

Step. Der Greis denkt die Liebe, der Jüngling fühlt ſie.

Cruſt. Der edle Jüngling muß nicht fühlen, was der Greis nicht denken darf.

Step. Schöne Worte.

Cruſt. An dich verſchwendet.

Step. Ich wollte, es wäre Tag, und alles vollbracht, ſo oder ſo.

Cruſt. Die Stunden kriechen ——

Step. Ja wohl!

Cruſt. Wie die Verrätherey im Finſtern.

Step. (betroffen.) Was willſt du damit ſagen?

Cruſt. Nichts. Warum fällt das Bild dir auf?

Step. Weil —— weil ich ungeduldig bin.

Benj. (tritt herein.)

Cruſt. Ha Benjowsky! endlich!

Step. (bey Seite.) Ihn ſchüzt der Satan! (laut.) Sey willkommen!

Cruſt. Wir waren unruhig.

Benj.

Benj. Und mit Recht. Verdacht und Args
wohn haben sich um unser Dorf gelagert. Wir
müssen eilen.

Crust. Alles ist bereit.

Benj. Desto besser! Kudrins Plauderey hat
uns an den Rand des Abgrundes geführt, ohne
Weiberlist wären wir verloren.

Step. (vor Seite.) Er weiß nichts.

Crust. Wo ist Kudrin?

Benj. Ich sandte ihn nach dem Schiffe.

Crust. Dort ist er sicher.

Benj. Wie sind unsere Leute vertheilt?

Crust. Ein starker Haufe wacht im Hafen,
ein Anderer geht die Runde um das Dorf.

Step. Der stärkste lauert in der Kirche auf
das Zeichen mit der Glocke.

Crust. Unsere Vertrauten liegen hier und
schlummern.

Benj. Gut. Sie sammeln Kräfte und
werden sie gebrauchen. Ist die Brücke ab-
gebrochen?

Crust. Gestern Abend schon.

Benj. Das Pulver und die Kugeln? —

Crust. Alle ausgetheilt.

Benj.

Benj. Und der Hinterhalt am Fluße? —

Crust. Boskarefs Sorge anvertraut.

Benj. So dürfen wir ruhig seyn. — Wie stehts mit dir, Stepanoff? sind wir Freunde?

Step. Halte Wort und wir sinds.

Benj. Was versprach ich dir?

Step. Afanassas Besitz.

Benj. Den kann nur sie gewähren.

Erster Verschw. (kömmt zu Benjowsky.) Kasarinoff will dich sprechen.

Benj. So spät? laß ihn kommen.

Erster Verschw. (ab.)

Step. Ein Fremder?

Crust. Wenn er unsere Anstalten gewahr wird? —

Benj. Sey unbesorgt, ich bürge für ihn.

Kasar. (eilig.) Rette dich Benjowsky!

Benj. Warum?

Kasar. Du bist verrathen.

Step. (erschrickt.)

Benj. Durch wen?

Kasar. Durch den Kosaken Kudria.

Benj. Ich danke dir.

Kasar. Sonst nichts.

Benj.

Benj. Ich wuſte ſchon —

Kaſar. Und ſo ruhig?

Benj. Kudrin iſt in Sicherheit.

Kaſar. Ja wohl in Sicherheit.

Benj. Auf unſerm Schiffe.

Kaſar. Auf der Wache.

Benj. Was ſagſt du?

Kaſar. Vor wenig Augenblicken ſchleppte man ihn fort, der Hettmann ſelbſt ließ ihn in Feſſeln legen. Er hat Alles bekannt.

Benj. (mit dem Fuße ſtampfend.) Verdammt! ſo ließ er ſich doch erwiſchen!

Kaſar. Der Hettmann wird mit einer ſtarken Wache bald hier ſeyn um dich abzuholen.

Benj. Wohlan, ſo muß ich denn die Miene früher ſpringen laſſen.

Kaſar. Leb wohl!

Benj. Wohin?

Kaſar. Ich eile nach Hauſe, Weib und Kinder ſind allein, und fürchten ſich wenn es Lärm giebt.

Benj. Leb wohl ehrlicher Knabe! Morgen bringt ein freyer Mann dir ſeinen Dank.

Kaſar. (geht ab.)

Benj.

Benj. Verdoppelt Eure Vorsicht! auf den ersten Wink muß alles unter den Waffen stehen.

Crust. Soll ich die Glocke ziehen?

Benj. Noch nicht. (Er sieht nach der Uhr.) Es ist zwey Uhr. Ich wünsche den Tag herbey.

Step. Warum nicht gleich?

Benj. Damit in der Finsterniß nicht Brüder gegen Brüder fechten.

Ordonn. (tritt herein, in Begleitung des ersten Verschwornen.) Das gnädige Fräulein sendet Euch diesen Zettel.

Benj. Gab sie ihn selbst in deine Hand?

Ordonn. Sie selbst.

Benj. (öffnet den Zettel, die rothe Bandschleife fällt heraus.) Ha! ich verstehe. Habe Dank, gutes Mädgen! du hast Wort gehalten. Diese Schleife sey mein Ordenszeichen. (Er heftet sie in das Knopfloch.) Nehmt ihn in Verhaft.

Ordonn. (erschrocken.) Warum?

Benj. Du hast gelogen.

Ordonn. Ich bin unschuldig.

Benj. Fort mit ihm!

Erster Verschw. Komm guter Freund, ich will dir deine Wohnung zeigen. (Er schleppt ihn hinaus.)

Benj.

Benj. Die Gefahr naht mit starken Schritten. Wir dürfen nicht länger zaudern. Munter meine Brüder! die große Stunde ist da. Noch ehe es Tag wird, müssen wir beginnen. Vielleicht feyert schon die Morgensonne unsern Sieg. — Auf ihr Schläfer, auf! der Freiheit Stimme ruft! — Wie sie schlafen, als ob morgen Festtag wäre. He da! will denn keiner erwachen! (Man hört draußen eine Trommel rühren.) Aha! der Hettmann übernimmt die Mühe, die Schlummernden zu wecken.

Alle (taumeln in die Höhe, da sie die Trommel hören, und greifen schläftrunken nach ihrem Gewehr.)

Benj. Ermuntert Euch, meine Brüder! der Feind ist vor der Thür.

Alle (stürmen nach der Thür zu.) Wir sind munter! Wir sind bereit!

Benj. Halt! Ordnung! Ruhe! Lichter weg! (die Lichter werden ausgelöscht.) — Zwey von Euch treten an das Fenster, öffnet es, legt Euer Gewehr an, und haltet Euch fertig; die andern beyden an diesem Fenster eben. — Ihr Crustiew und Stepanoff besezt die Thür. Laßt Jedermann herein, doch keinen heraus. (die

L

Trommel

Trommel wird aufs neue gerührt. Benjowsky am Fenster.) Was giebts da? wer stört unsere Ruhe?

Hettm. (von draußen.) Graf Benjowsky, im Namen der Kaiserin nehme ich dich gefangen.

Benj. Seyd Ihr es Hettmann? immer herein! ein unvermutheter Besuch ist drum nicht minder willkommen.

Hettm. Ergieb dich.

Benj. Vergönnt nur, daß ich mich zuvor ein wenig kleide. Ich springe eben halb nackend aus dem Bette.

Hettm. So kleide dich.

Benj. Wollt Ihr nicht indessen näher treten?

Hettm. Nein.

Benj. Ich habe eine Flasche guten ungarischen Wein, bey dieser Kälte sehr erquickend.

Hettm. (die Ohren spitzend.) Wie?

Benj. Ein wahrer Göttertrank.

Hettm. Aechter Ungar?

Benj. Ich erkenne ihn für meinen Landsmann. Kommt herein und kostet.

Hettm. Bist du allein?

Benj.

Benj. Ganz allein.

Hettm. Schon gut, ich komme. (zu seinen Leuten.) He da! Corporal! Sein wachsam! laßt mir keinen entwischen. Die Thür besezt, die Säbel blank, ich komme gleich zurück.

Benj. (sich umkehrend.) Das lügst du alter Thor! nur einwärts in des Löwen Höhle gehn die Fußtapfen.

Hettm. (tritt herein.)

Step. und Crust. (packen ihn.)

Hettm. (will schreyen und sich widersetzen.)

Benj. (zieht ein Pistol hervor.) Nicht einen Laut, oder Ihr seyd des Todes!

Hettm. Wie? Ihr untersteht Euch —

Benj. Ruhig Hettmann, wir sind hier die Stärkern.

Hettm. Verdammt! —

Benj. Gebt Euren Säbel ab.

Hettm. Vergeßt nicht wer ich bin.

Benj. Unser Gefangner.

Hettm. Keine Mißhandlungen —

Benj. Euch soll kein Leid wiederfahren, wenn Ihr thut, was ich verlange.

Hettm. Was verlangst du?

Benj.

Benj. Tretet hier an dieses offene Fenster, ruft Euren Leuten lustig zu; sie sollen herein kommen, Alle, sie sollen trinken, hier sey keine Gefahr.

Hettm. Ich will nicht.

Benj. So müßt Ihr sterben.

Hettm. Das will ich auch nicht.

Benj. So vollzieht meinen Befehl.

Hettm. Befehl?

Benj. Oder Bitte, wenn Ihr lieber wollt.

Hettm. Bitte? ja das ist ein Anderes.

(Er nähert sich dem Fenster.)

Benj. (ihm das Pistol vorhaltend.) Diese Kugel durch Euren Kopf, wenn Ihr durch ein zweydeutiges Wort verrathet —

Hettm. Bleib mir vom Leibe und laß mich nur machen. (Er ruft hinaus.) Kinder, hier ist alles ruhig, kommt herein und trinkt.

Benj. (ihm zuflüsternd.) Alle.

Hettm. Kommt alle herein.

Benj. Ohne Gewehr.

Hettm. Lehnt Eure Gewehre indessen an die Wand.

Corporal (antwortet draußen.) ~~Schon gut.~~

Benj.

Benj. Hinaus meine Brüder! nehmt ſie
in Empfang und ſperrt ſie ein im Keller.

Alle (Verſchwornen kürzen hinaus.)

Hettm. Wißt Ihr auch was dieſer Spas
Euch koſten kann.

Benj. Nun?

Hettm. Wenn ich ſage Spas, ſo verſtehe
ich darunter Ernſt.

Benj. Alſo im Ernſt? —

Hettm. Die Kuute.

Benj. Würklich?

Hettm. Naſen und Ohren aufgeſchlizt.

Benj. Ey!

Hettm. Laßt mich fort.

Benj. Geduld.

Hettm. Ihr ſeyd verloren, unſere Anſtalten
ſind gut.

Benj. Laßt doch hören.

Hettm. Alle Truppen unter dem Gewehr.

Benj. So?

Hettm. Sie rücken an.

Benj. Deſto beſſer.

Hettm. Mit Kanonen.

Benj. Viel Ehre.

Hettm.

Hettm. Schießen das Dorf in Brand —

Benj. Man wird löschen müssen.

Hettm. Schlagen Euch tod —

Benj. O weh!

Hettm. Dann werdet Ihr vergebens um Gnade bitten.

Benj. Für dießmal ists an Euch.

Hettm. (bey Seite.) Verdammter Hund! mit seinem ächten Ungar!

Alle (Verschwornen kehren zurück mit Lichtern.)

Crust. Alles glücklich vollbracht.

Benj. Gut. Der Hettmann ist so gütig gewesen mich zu benachrichtigen, daß der Feind mit Kanonen anrückt. Wir müssen ihn empfangen. Geht Kinder, zieht die Glocke.

(Man lautet.)

Benj. (zum Hettmann.) Da ein Offizier sein Kommando nicht verlassen darf, so muß ich Euch bitten, die Gesellschaft im Keller zu vermehren.

Hettm. Was? mich in den Keller?

Benj. Es ist ein Weinkeller.

Hettm. Nimmermehr!

Benj. (die Achseln zuckend.) Man wird Gewalt brauchen müssen.

Hettm.

Hettm. Eher lasse ich mich in Stücken hacken.

Benj. Auch das, wenn Ihr wollt.

Hettm. Wie lange soll ich da sitzen?

Benj. Nur bis morgen früh.

Hettm. Es sey drum. Ihr seht, Graf Benjowsky, Euch zu Liebe lasse ich mir vieles gefallen. Wenn ich sage Vieles, so verstehe ich darunter den Keller. (er geht ab, und vom 1. 2. 3ten Verschw. begleitet.)

Benj. Mit dem Narren wären wir fertig. Ist keiner entwischt?

Crust. Ein einziger, der schnell zurücksprang, und in der Dunkelheit enschlüpfte.

Benj. Das ist dumm. So erfährt der Gouverneur doch —

Afan. (stürzt herein, in Kosaken-Kleidung, den blanken Säbel in der Faust.) Benjowsky! Rette dich!

Benj. (erstaunt.) Afanassia!

Afan. (Athemlos.) Soldaten! überall Soldaten!

Benj. Was soll diese Verkleidung?

Afan. Ich will mit dir sterben.

Benj. Edles Mädgen!

Afan.

Afan. Du bist verrathen, schändlich verrathen!

Benj. Ich weiß es, Kudrin —

Afan. Nicht Kudrin — (auf Stepanoff zeigend.) Hier steht der Verräther.

Benj. Wer? Stepanoff?

Afan. (zu Stepanoff, seinen Brief hervorziehend.) Kennst du diesen Brief?

Step. (schweigt bestürzt.)

Benj. (reißt ihr den Brief aus der Hand, und liest ihn.) Ha Bösewicht! Kennst du diesen Brief?

Step. Meynst du ich fürchte dich? und werde meine Hand ableugnen? — ich hab' ihn geschrieben.

Benj. So spieltest du mit deinem Eyd? mit deiner Brüder Leben?

Step. Mit deinem Leben.

Benj. (sich zu den Uebrigen wendend.) Verrätherey.

Alle. Haut ihn nieder!

Step Wie Ihr wollt. Ohne dieses Mädgen ist mir das Leben eine Last. Gebt sie mir, und mein lezter Tropfen Blut soll für Euch fließen.

Afan.

Afan. Geben? mich geben? — eher legt mich in das Grab als in seinen Arm.

Step. Ha! verflucht! Rache! Rache! und dann willig in den Tod!

Alle. Haut ihn nieder!

Benj. Halt! straft ihn durch Verachtung.

Step. (wüthend.) Verachtung? mir?

(Er zieht rasch den Säbel und haut nach Benjowsky.)

Afan. (ihm in den Arm fallend) Gott!

1. 2. 3ter Verschw. (packen ihn von hinten und entwaffnen ihn)

Step. (mit verbißner Wuth.) Laßt mich — Ich ergebe mich — Du hast gesiegt Benjowsky — sie war Dein Schutz-Gott — ich empfinde Reue — vergebt mir — tödtet mich —

Benj. Führt ihn fort!

Step. Nur noch einmal Afanasia — reiche dem Verbrecher Deine sanfte Hand — daß ich sie an meine Lippen drücke — zum Zeichen der Vergebung —

Afan.

Afan. (ihm mitleidig die Hand reichend.) Unglück-
licher!

Step. (zieht schnell ein Messer hervor und will sie
erstechen.)

Benj. (schleudert sie fort.) Ha! Ungeheuer!

Step. Auch das mißlang!

Benj. Jezt haut ihn nieder!

Alle. (ziehen die Säbel.)

Step. Die Freude sollt Ihr nicht haben.
(Er stößt sich das Messer in die Brust.)

Afan. (fährt mit Entsetzen zurück, und verbirgt
ihr Gesicht an Benjowsky's Busen.)

Benj. Wüthender!

Step. (sich krümmend.) Getroffen — Gut
getroffen — Fluch Dir Benjowsky! —
Fluch! —

Benj. Schleppt ihn hinaus!

Step. Fluch über Benjowsky! —

1. 2. 3ter Verschw. (schleppen ihn fort.)

Benj. Erhole Dich liebe Afanaßa!

Afan. (bebend.) Ist er todt?

Benj.

Benj. Wohl uns!

Afan. Es jammert mich doch.

Benj. Er war sein eigner Henker.

Afan. Die Liebe —

Crust. Entweihet diesen Namen nicht.

(Man hört in der Ferne anhaltend schießen. Das
Folgende wird sehr rasch gespielt.)

Benj. Was ist das?

Afan. Die Soldaten —

Benj. Schon handgemein?

Crust. Wohlan nun gilts!

1ster Verschw. (stürzt herein.) Es wird ge-
schossen.

Crust. Wir hören es.

Benj. Auf Brüder! zu den Waffen!

Crust. Läutet die Glocke!

(Man hört von Zeit zu Zeit die Glocken läuten,
und unterbrochen in der Ferne schießen.)

Benj. Wo bleibst Du Afanaßa!

Afan. Bey Dir!

Benj.

Benj. Aber die Gefahr —

Afan. Ich theile sie mit Dir.

2ter Verschw. (stürzt herein.) Es wird stark geschoßen.

Benj. Wo?

2ter Verschw. Es schallt den Fluß herauf.

Crust. Boskareff vermuthlich —

3ter Verschw. (Athemlos.) Zu Hülfe! zu Hülfe!

Benj. Was giebts?

3ter Verschw. Der Feind wird uns zu mächtig — unten im Hohlwege. —

Benj. Fort! Fort! gedenkt der Losung: Freiheit oder Tod!

Alle Verschw. (die Säbel schwingend.) Freiheit oder Tod! (sie stürzen hinaus.)

(Ein Zimmer des Schloßes.)

Gouv. (geht unruhig auf und nieder.) Noch keiner zurück. — Was soll daraus werden? — Wo bleibt der Hettmann — der Ordonnanz —

ich

ich höre Schuß auf Schuß — die Handvoll
Menschen wehrt sich hartnäckig. — Ha!
Benjowsky! wehe Dir! wenn meine Rache
Deinem Undank gleich kommt.

Ein Soldat. (stürzt herein.) Ich bin ent-
ronnen.

Gouv. Wo ist der Hettmann?

Soldat. Gefangen.

Gouv. Und meine Ordonnanz?

Soldat. Gefangen.

Gouv. Geh zum Teufel!

Soldat. Durch List haben sie den Hettmann gelockt.

Gouv. Weißt du sonst nichts?

Soldat. Sie ziehen herauf.

Gouv. Wer?

Soldat. Die Rebellen.

Gouv. Viele?

Soldat. Große Haufen.

Gouv. Sind auch Freie drunter?

Soldat. Ich glaube ja.

Gouv.

Gouv. (bitter.) Warum nicht! Aufruhr ist ansteckend wie die Pest. Wer Pöbelherzen nur durch Wohlthaten zu fesseln gedenkt, der hat mit einem Blumenstengel die Rechnung in die See geschrieben. — Was bedeutet das Schießen?

Soldat. Unten im Hohlwege, ein gräßliches Blutbad.

Gouv. Die Unsrigen siegen?

Soldat. Sie fliehen.

Gouv. Wohin?

Soldat. Nach dem Walde zu.

Gouv. Und ihr Geschütz?

Soldat. Ließen sie im Stiche.

Gouv. Ha! feige Miethlinge! — Geh Unglücksbote! laß Lärm schlagen: Jeder auf seinen Posten.

Soldat. (ab.)

Gouv. Es wird Ernst. Wo laß ich die Weiber?

Feodo. (stürzt herein.) Ach! mein Gott!

Gouv. Schläft meine Tochter?

Feodo.

Feodo. Sie ist fort.

Gouv. Fort?

Feodo. Entsprungen in Mannskleidern.

Gouv. Stirb! alter Graukopf!

Feodo. (die Hände ringend.) Ich unglückliches Mädgen.

Gouv. Das traf mein Herz.

Feodo. Warum hab ich geschwiegen?

Gouv. Gefühl meiner Pflicht, steh mir bey!
(Man hört die Lärmtrommel.)

Soldat. (hastig.) Wir sind verloren.

Gouv. Neues Unglück?

Soldat. Die Rebellen siegen.

Gouv. Wo?

Soldat. Sie sind schon auf der Brücke.

Gouv. Wer ließ die Brücke fallen?

Soldat. Wir hielten sie für die Unsrigen.

Gouv. Sperrt das Thor.

Soldat. Das haben sie eingehauen.

Gouv. Ohne Gegenwehr?

Soldat. Sie metzeln Alles nieder.

Gouv.

Gouv. Wohlan! der Rädelsführer soll meiner Rache nicht entrinnen! (er stürzt in das Kabinet.)

Feodo (fällt auf die Knie.) Gott steh uns bey!

Gouv. (kehrt zurück mit Pistolen bewaffnet.) Fort! entgegen!

Feodo. (wirft sich zu Boden, ihm in den Arm.) Um Gotteswillen! gnädiger Herr!

Gouv. Was willst Du?

Feodo. Ihr Leben ist in Gefahr.

Gouv. Ehre verloren Alles verloren!
(Er stößt sie mit dem Fuße fort, und will hinaus.)
(Benj. Crust. Batu. und mehrere Verschworne dringen herein.)

Feodo. (rettet sich in das Kabinet.)

Benj. Ergebt euch!

Gouv. (weicht einen Schritt zurück, und drückt ein Pistol auf Benjowsky ab.) Zur Hölle mit Dir!

Benj. (sich am linken Arm fassend.) Ich bin verwundet —

Gouv. Noch nicht todt? (Er will das zweyte Pistol abdrücken. Man entwaffnet ihn.)

Benj.

Benj. Ruhig Herr Gouverneur!

Gouv. (wüthend.) Ruhig?

Benj. Ich kam Sie zu schützen.

Gouv. Du mich?

Benj. Ich werde nicht vergessen was ich Ihnen schuldig bin.

Gouv. Nicht? Ha! ha! ha!

Benj. Crustiew, Dir übergeb ich ihn.

Crust. Er ist die Geissel unserer Freiheit.

Benj. Sein Leben sey Dir heilig.

Crust. Mir und Jedem.

Benj. Bewache ihn auf seinem Zimmer.

Crust. (zum Gouv.) Ich bitte Euch mir zu folgen.

Gouv. Gott! Deine Blitze schlafen.
(Er geht ab mit Crustiew und Wache.)

Benj. Das Schwerste ist vollbracht.

Batu. Dank dem Himmel!

Benj. Und Eurer Tapferkeit.

M   Batu.

Batu. Ihr seyd verwundet?

Benj. Ich fühle es nicht. Geh Baturin, laß Alles nach dem Schiff bringen, was wir bedürfen, Pulver, Lebensmittel, Waaren, Geld —

Batu. Ist schon alles eingepackt. Ansehnliche Beute —

Benj. Die schenk ich Euch, wo ist Afanasja?

Batu. Auf der Treppe sah ich sie zulezt.

Benj. Sie wird doch nicht — (Er will fort.)

Afan. (stürzt Benjowsky entgegen) Wo ist mein Vater?

Benj. In Sicherheit.

Afan. Todt.

Benj. Er lebt.

Afan. Wo?

Benj. Auf seinem Zimmer.

Afan. Du täuschest mich.

Benj. Wahrlich nein!

Afan. Ich hörte schießen. —

Benj. Er widersezte sich.

Afan. Gott! du bist verwundet. —

Benj. Ein Streifschuß, sey unbesorgt.

Afan.

Afan. Ich will zu meinem Vater!

Benj. Schone seinen ersten Schmerz.

Afan. Wer ist bey ihm?

Benj. Crustiew.

Afan. Ach! was hab' ich gethan?

Erster Verschw. (eilig) Das Volk umringt die Citadelle.

Benj. Bewaffnet?

Erster Verschw. Die Truppen ziehen sich zusammen und wollen stürmen.

Benj. Fort auf den Wall!

Erster Verschw. Unserer sind wenige. Alle zerstreut.

Benj. (einen Augenblick nachsinnend) Schleppt Weiber, Kinder, Greise in die Kirche, und droht, sie anzuzünden, wenn man uns nicht ungehindert ziehen läßt.

Erster Verschw. Sogleich.

Benj. Führt den Gouverneur gefesselt auf den Wall, zeigt ihn dem Pöbel, sein Kopf bürgt für unsere Sicherheit.

Erster Verschw.　　　(ab.)

Afan. Erbarmien!

　　　　Benj.

Benj. Sey ruhig, nur eine leere Drohung, das Volk liebt deinen Vater.

Afan. Wer liebt ihn nicht!

Benj. Es wird für sein Leben zittern, und uns in Frieden ziehen lassen.

Afan. Ach Benjowsky! noch kannst du alles wieder gut machen. Gieb dich mir, mich meinem Vater wieder. Setze ihn in Freiheit! öffne die Thore! du hast gefochten wie ein Held, handle nun wie ein Mensch: deine Feinde sind besiegt, besiege dich selbst! vertausche den Lorbeer gegen Myrten der Liebe, die Gefahren der See gegen Ruhe in meinem Arm! Komm zu meinem Vater, löse seine Fesseln, empfange seinen Segen. Verzeihung deiner Brüder, der Gewissensruhe, und mir unaussprechliche Wonne!

Benj. Afanasia, wo denkst du hin? meine Gattin —

Afan. Ach ich weiß nicht was ich rede! —

Benj. Das Loos ist geworfen. Das große Rad des Schicksals rollt unaufhaltsam. Wessen Macht greift in die Speiche?

Afan. Verzeih mir Gott, wenn dieser Strudel mich nicht fortreißt.

Benj.

Benj. Schwester ich halte was ich dir versprach.

Erster Verschw. (kömmt zurück) Es hat gewürkt.

Benj. Ist alles ruhig?

Erster Verschw. Sie zittern vor unsern
Drohungen, und bitten um Frieden.

Benj. Der Gouverneur? —

Erster Verschw. Ermahnte sie vom Walle
herab, seiner nicht zu schonen.

Benj. Ha!

Erster Verschw. Stürmt! rief er: ich be-
fehle es Euch im Namen der Kaiserin.

Benj. Edel und groß!

Erster Verschw. Aber vergebens.

Benj. Wohlan! so hält uns nichts mehr
auf, laß die Trommel rühren, daß sich die Zer-
streuten sammlen. Den Gouverneur nehmt in
die Mitte, im Hafen lassen wir ihn frey. Ladet
scharf. Stellt Kanonen an des Zuges Spitze,
begleitet sie mit brennender Lunte. Keine Feind-
seligkeit wird ferner ausgeübt. Ohne Geräusch,
ohne Frohlocken; nichts das die Wuth des Volks
von neuem reizen könnte. Geh, ich folge dir.

Erster

Erster Verschw. !(ab.)

Benj. Komm liebe Afanasja.

Afan. (zaudernd) Ach! mein väterliches Haus!

Benj. Keinen Blick in die Vergangenheit.

Afan. Hier wurde ich geboren! hier haben Mutterliebe und Vatertreue mich erzogen. —

Benj. Erschwere dir das Scheiden nicht.

Afan. Zum leztenmale! —

Benj. Noch darfst du wählen.

Afan. Nie, nie betret ich wieder diesen Wohnplatz meiner Jugendfreuden! nie hör ich wieder mein's Vaters milde Stimme! —

Benj. Du quälest dich und mich.

Afan. Vergieb mir! (man hört die Trommel)

Benj. Die Minuten sind kostbar.

Afan. (ihre Seelen-Angst unterdrückend) Ich bin bereit.

Benj. Geliebtes Mädgen! Trennung von dir wäre schrecklich! doch steht die Wahl noch jezt in deiner Willkühr. Bleib oder geh.

Afan. Bleiben? — Ach mein Vater! — Trommelt! Trommelt! Daß der Lärm diese

Stimme

Stimme übertäube! — Fort! fort! führe mich
fort!

Benj. Komm in meine Bruder-Arme.

Afan. (noch einmal wehmüthig um sich blickend)
Segen über meinen alten Vater! (Sie gehen.)

(Der Schauplatz verwandelt sich. Man sieht im Hinter-
grunde einen Theil des Hafens. Die Fregatte ist se-
gelfertig. Das Schiffsvolk arbeitet fleissig, Verbünde-
te laufen hin und wieder. Man hört ein verwirrtes
Rufen, bald der Kommenden, bald der Gehenden,
bald auf dem Schiffe, bald am Lande.)

„Lichtet die Anker! — windet alle Segel
„auf! — Der Wind ist Nordost zu Ost —
„Steuermann! — He da! Sie kommen! —
„Dort wimmelt der Haufe den Hügel herun-
„ter. — Glück auf! — Alles bereit! —
„Huzzah! Huzzah!"—

Benj. Afan. Crust. und die übrigen Verschwornen treten auf)

Der Gouv. gefesselt, unter einer starken Wache,
ohnmächtig wüthend. Während Crust. und die Verbün-
deten auf das Schiff laufen Anordnung machen, Befehle austheilen u. s. w.

Benj. (nähert sich dem Gouverneur.)

Afan.

Afan.. (bleibt schüchtern in einiger Entfernung stehen.)

Benj. Nur noch einige Augenblicke sind mein. Scheiden wir als Freunde!

Gouv. (wirft einen Blick von Verachtung auf ihn, kehrt sich weg und knirscht.)

Benj. Daß ich gegen Rußen fechtend er-griffen wurde, war es ein Verbrechen? — daß ich diese harte Fesseln heute sprengte, ist es ein Verbrechen?

Gouv. (schweigt störrisch).

Benj. Mich riefen Ehre und Vaterlandslie-be, an meiner Brüder Schicksal band ein Schwur das meinige.

Gouv. (keine Antwort.)

Benj. Ich verließ daheim ein schwangeres Weib. Alter Mann! was hättest du gethan an meiner Stelle?

Gouv. (schweigt hartnäckig.)

Benj. Bin ich keines Wortes, keines Bli-ckes würdig? — Wohlan! was Schmerz und Wuth in dieser Stunde verdammen, wird mor-gen dein kälteres Blut entschuldigen. — Leb wohl! —

Gouv. (packt wüthend seine Kette und will auf ihn einstürzen. Man hält ihn zurück. Er erblickt Afanasja'n, schlägt sich mit beiden Fäusten vor die Stirn, und heult.)

Afan. (stürzt zu seinen Füßen) Verzeihung mein Vater!

Gouv. (abgewendet) Wer spricht mit mir?

Afan. Ihren Seegen —

Gouv. Mein Fluch folge dir übers Meer! höre ihn wenn es stürmt! höre ihn in deines Buhlers Armen! zittre vor ihm wenn es blizt! und wenn die Sonne scheint, so denke, sie scheint auf deines Vaters Grab. Wenn der Donner brüllt, so brülle er dir meinen Fluch ins Ohr, und wenn ein leises Lüftgen säuselt, so wähne meinen lezten Seufzer zu hören. Alles verlasse dich in deiner Sterbestunde, wie du mich verläſſeſt, nur das Bild deines zürnenden Vaters schwebe vor dir in Fieber-Phantasieen! Wirst du einst Kinder gebähren, so sey mein Fluch ihr großväterliches Erbe! ihr Undank räche mich an der Mutter!

Afan. (sinkt sprachlos und halb sinnlos in Benjowsky's Arme.)

Gouv.

Gouv. (durch Afanasjens Anblick erweicht.) Bleibe bey mir mein Kind! mein liebes verführtes
Kind! bleibe bey mir! ich bin alt und schwach.
Als deine Mutter starb, sprach sie zu mir:
Weine nicht, ich lasse dir Afanasja. Willst du
deine sterbende Mutter zur Lügnerin machen?
wenige Wochen, vielleicht nur wenige Tage,
wie bald sind die verlaufen! dann lege ich mich
nieder und sterbe, und du darfst sagen: ich habe
das Gebot meiner Mutter erfüllt, ich habe meinem Vater die Augen zugedrückt.

Benj. (erschüttert.) Schone sie!

Gouv. Du bist meine einzige Freude!
mein einziger Trost! ich liebe dich väterlich, so
wird kein Buhler dich lieben. Sättigung in
deinen Armen wird er dir mit Ueberdruß bezahlen,
indessen dein alter Vater, zum Lohn für seinen
Segen, nichts begehrt, als einen sanften Druck
deiner Hand auf seine Augen, wenn sie sich
schließen wollen — O daß mein Haar noch
nicht so grau wäre, in diesem Augenblicke müßte
es grau werden, und dieser Anblick würde dich
rühren.

Afan. (ſtrebt ſich aufzurichten, und fällt ohnmäch=
tig zurück.)

Benj. (ſehr bewegt.) Gott! — Hülfe! —
ergreift ſie! — tragt ſie fort!

Gouv. (außer ſich vor Angſt und Schmerz.)
Graf Benjowsky! wenn du einen Gott glaubſt
ſo höre mich! Ich hab dich nie beleidigt! ich
habe dir Gutes gethan ſo viel ich konnte! du
haſt mir alles genommen! du haſt mich um Amt
und Ehre gebracht! laß mir meine Tochter, und
ich bin reich geblieben! Graf Benjowsky! wenn
du einen Gott glaubſt ſo höre mich! Um deines
Weibes willen, das daheim für dich betet! wie
kann Gott ihr Gebet erhören, wenn du mir
armen Manne mein einziges Kleinod ſtiehlſt.
Um deines Kindes willen, das du noch nicht
kannteſt, als du dein Haus verließeſt, daß es dich
nie zum unglücklichen Vater mache! Was willſt
du mit ihr? ſiehe ſie iſt ſchon zur Leiche geworden, gieb mir die Leiche meiner Tochter wieder!
(Er fällt auf beyde Knie nieder, und hebt ſeine Hände
zitternd gen Himmel.) Graf Benjowsky ich habe
keine Worte — ich habe keine Thränen, aber
Gott hat Blitze! —

Benj.

Benj. (heftig erschüttert, legt die ohnmächtige Afa=
nalia in die Arme des knienden Greises.) Da hast du
sie alter Vater! (Er zieht das Bild seines Weibes
hervor.) Emilie! meine Gattin! — Fort
zu Schiffe! (Verwirrtes Getöse. Alles eilt zu Schiffe.)

Gouv. (seine Tochter in frohem Wahnsinn an
sein Herz drückend, indem er die andere nach dem
Schiffe ausstreckt.) Gott segne dich Fremdling!
Gott segne dich!

(Der Vorhang fällt.)

Ende.